KB081024

스파이더맨: 뉴 유니버스 아트북

1판 1쇄 발행 2019년 6월 30일
옮긴이 김민석
펴낸이 하진석
펴낸곳 ART NOUVEAU
주소 서울시 마포구 독막로3길 51
전화 02-518-3919
팩스 0505-318-3919
이메일 book@charmdol.com
ISBN 979-11-87824-74-9 03840

This translation of SPIDER-MAN: INTO THE SPIDER-VERSE THE ART OF THE MOVIE first published in 2019, is published by arrangement with Titan Publishing Group Ltd.

SPIDER-MAN: INTO THE SPIDER-VERSE: THE ART OF THE MOVIE
Spider-Man created by Stan Lee and Steve Ditko
MARVEL PUBLISHING
Jeff Youngquist, VP Production & Special Projects
Caitlin O'Connell, Assistant Editor, Special Projects
Sven Larsen, Director, Licensed Publishing
David Gabriel, SVP Print, Sales & Marketing
C.B. Cebulski, Editor in Chief
Joe Quesada, Chief Creative Officer
Dan Buckley, President, Marvel Entertainment

이 책을 쓴 라민 자헤드는 로스앤젤레스에 거주하는 작가 겸 언론인으로, 주로 애니메이션, 시각 효과, 대중 문화 및 독립 영화 등의 분야를 다룬다. 그는 〈애니메이션 매거진Animation Magazin〉의 편집장이자 〈버라이어티Variety〉, 〈더 헐리우드 리포터The Hollywood Reporter〉, 〈로스앤젤레스 타임즈Los Angeles Times〉, 〈에미 매거진Emmy Magazine〉, 〈사이트 앤 사운드Sight and Sound〉, 그리고 〈PBS〉 등에 글을 기고하고 있다. 최근 저술한 책으로는 《아트 오브 리틀 프린스The Art of Little Prince》, 《아트 오브 캡틴 언더팬츠The Art of Captain Underpants》, 《아트 오브 보스 베이비The Art of Boss Baby》, 그리고 《J.K. 롤링의 위저딩 월드: 무비 매직 볼륨 2J.K. Rowling's Wizarding World: Movie Magic Vol. 2》 등이 있다.

Printed and bound in Korea.

아티스트:
면지: 전면 및 후면 – 닐 로스
이전 페이지: 콘셉트 스케치 – 김시윤
다음 두 페이지: 콘셉트 아트 – 알베르토 미엘고

스파이더맨: 뉴 유니버스 아트북

라민 자헤드

목차

머리말

안녕하세요! 저는 마일스 모랄레스의 공동 창작자입니다. 저는 마일스가 태어난 이래 5년 동안 그의 모든 대사들을 직접 써 왔습니다. 그런 제가 여러분께 말씀드리건대 저 역시 이런 작품이 나올 줄은 전혀 예상하지 못했습니다. 마일스가 지금처럼 거물이 될 줄은 상상도 못 했어요! 그리고 만에 하나, 진짜 제 마음속 깊은 곳에서 혹시나… 하고 펼쳐보는 상상의 나래 속에서도 이렇게 멋진 애니메이션 작품이 나오는 바람에 아트북까지 한 권 출판하게 될 줄은 전혀 몰랐습니다.

좋습니다. 이제 마일스의 역사에 관해 아주 간단한 배경 설명만 해 드린 다음, 아트북들이 왜 이토록 멋진지 그 비밀스러운 이유를 말씀드리도록 하겠습니다. 스파이더맨은 이미 지난 몇 년간 자기 자신마저 뛰어넘는 성장을 해 왔습니다. 원작 만화책에서도 몇 가지 중요한 사건들이 일어났죠. 제일 먼저 얼티밋 스파이더맨 시리즈가 출간되었습니다. 이 시리즈는 10대 소년 피터 파커가 1960년대가 아니라 현재를 배경으로 겪는 일들에 대해 다뤘죠. 그러면서도 다양한 스파이더맨 코믹북 〈어메이징 스파이더맨〉, 〈스펙타큘러 스파이더맨〉, 〈피터 파커 스파이더맨〉, 〈웹 오브 스파이더맨〉 등이 발간됩니다. 그러다 〈어메이징 스파이더맨〉에서는 스파이더맨의 조력자들이나 '원로' 캐릭터들이 상당한 인기를 얻었습니다. 어느 정도였냐 하면 각자 자신만의 시리즈나 장난감이 새로 나올 정도였죠. 스파이더맨은 아무도 모르는 사이에 일개 캐릭터가 아니라 아예 자신만의 세계관 그 자체가 되어버린 거죠. 이런 세계관은 스파이더맨 + 세계관을 뜻하는 영단어인 '유니버스'를 합쳐 일명 '스파이더버스'라 부를 수 있겠습니다.

여기서 회상 씬 나갑니다! 마블의 작가들은 종종 다 함께 모여서 서로 머릿속에 떠오르는 온갖 덕후 같은 생각을 다 풀어보는 '잠수'라는 자리를 갖습니다. 그러다가 〈얼티밋 스파이더맨〉이 주제로 떠올랐어요. 이 주제를 어떻게 개성적으로 풀어낼 수 있을지 이야기를 나눴죠.
또 그 세계관이 가진 매력에 대해서도 이야기를 나눴어요. 세계관의 고유한 매력 말이죠. 솔직히 스파이더맨이 탄생하게 된 배경이나 계기처럼 아주 기본적인 부분까지 살펴보면, 스파이더맨이 반드시 백인 캐릭터일 필요가 없다는 이야기도 나왔어요. 인종 부분은 스파이더맨적인 요소에서 정말 작은 부분을 차지한다고 할 수 있죠. 그게 과연 스파이더맨의 고유한 매력이 되겠습니까?

만약 스파이더맨이 다른 캐릭터가 된다면 어떨까요? 그렇다면 어떤 캐릭터로 만들까요? 또 그 이유는? 뭐, 그런 아이디어들은 꽤나 겁나는 생각들이었습니다. 그래서 저 역시 뭔가 겁나게 창의적인 생각이 났을 때 여러분이 취할 만한 선택을 했습니다. 일단 질렀죠. 상황 생각 안 하고 냅다 질러봤습니다. 그렇게 완전히 새로운 스파이더맨, 마일스 모랄레스가 탄생했습니다. 하지만 그 과정에서 쉬운 부분은 단 하나도 없었습니다. 완전 백지상태로부터 새로 만들어 볼까, 아니면 기존 〈얼티밋 스파이더맨〉의 스토리를 기반으로 해 볼까? 마일스가 활동을 결심하게 되는 계기는 피터 파커가 직접 주어야 할까, 아니면 자신이 처한 상황에서 스스로 얻게 두어야 할까? 두 사람이 만날 일을 만들어야 할까? 과연 이 세상은 완전히 새로운 스파이더맨을 받아들일 준비가 되어 있을까? 그런 스파이더맨을 원하기나 할까?

다 좋은 질문입니다. 다 겁나는 질문이고요. 쉬운 답은 하나도 없었습니다. 저는 이 발상에 한동안 매달렸습니다. 머릿속에서 뭔가 특별하고 마력적인 직관이 터져야 했어요. 마일스와 피터의 관계는 어떨까? 또 나 자신과 이 캐릭터와의 관계는 어떨까? 몇 달 후에 자전거 장거리 라이딩을 하던 도중에 마침내 간단하면서 우아한 아이디어가 하나 떠올랐습니다. 피터 파커가 영웅적인 죽음을 맞이한다면 새로운 스파이더맨에게 '벤 삼촌' 같은 인물이 되어줄 수 있겠죠. 그런 다음 새로운 스파이더맨이 피터의 정신을, 벤 삼촌의 정신을, 그리고 '큰 힘에는 큰 책임이 따른다'는 정신을 이어나가는 겁니다. 동시에 새로운 캐릭터는 자신만의 시각으로 힘과 책임의 관계에 대해 이해하는 겁니다. 그렇게 스파이더맨의 정신에 충실하면서도 그 정신을 완전히 새롭게 이해하는 스파이더맨이 탄생했습니다.

여기에 〈얼티밋 스파이더맨〉의 작가였던 새라 피첼리와의 협력과 마블의 최고 제작 책임자 조

케사다의 제안과 영감까지 더해지면서 마일스 모랄레스가 탄생했습니다.

그리고 마일스는 제대로 대박을 쳤습니다. 저도 제 입으로 이렇게 말하면 되게 재수 없어 보이는 거 알아요. 하지만 여러분도 마일스가 주인공으로 나온 영화의 아트북을 사 보시고 계시니 지금쯤이라면 마일스가 대박을 쳤다는 걸 아실 거라 생각합니다.

그래서 여러분과 저는 이처럼 제가 가장 좋아하는 공간에서 함께 만나게 되었습니다. 재능 넘치는 작가들과 영화 제작자들이 만든 책 속에서요. 저는 아트북을 좋아합니다. 정말 좋아해요. 지금 이 아트북과 진짜 똑같은 책들을 엄청나게 파고들면서, 많은 것들을 보고 또 많은 것을 배우면서 제 스스로에게 도전했었거든요.

그래서 이런 '아트 오브' 운운하는 책들이 최고라는 겁니다! 여러분이 처음으로 보게 된 아트북이 이 책이라면 저는 정말로 기쁠 겁니다! 뭔가를 너무나 좋아한다면 '이런 표현은 대체 어떤 발상과 콘셉트를 통해 나왔을까?'하고 알아보면서 그 표현에 얽힌 깊은 진실과 감상을 곱씹을 수 있죠. 그게 가끔은 진정 위대한 생각을 이끌어낼 수 있을 만큼 어마어마한 아이디어일 수도 있습니다. 또 가끔은 작가의 머릿속 깊숙한 곳에 숨어있던 아이디어일 때도 있죠. 저는 캐릭터들의 러프 스케치가 정말 좋습니다. 작가의 자아와 자존심, 그리고 스케치를 그리던 그 순간의 잠재의식을 모두 보여주거든요. 그 외에 후보로만 남겨진 아이디어와 스케치들 역시 너무나 가치 있고 새로운 영감을 던져준다고 생각합니다. 하나의 스케치가 우주와도 같은 아이디어들을 만들어낼 수 있죠. 또한 하나의 스케치가 프랜차이즈 전체를 망칠 수도 있고요. 이처럼 믿을 수 없는 소질을 지닌 작가들의 스케치를 모아놓은 책은 여러분께 한 가지 분명한 사실을 보여줍니다. 이런 작업이 정말로 어렵다는 것을요!

주의하세요! 이런 아트북은 중독이 됩니다. 저는 이야기 작가로서 가끔 〈스타워즈〉가 그런 독창적인 디자인들을 어떻게 만들어냈을지 생각해보곤 합니다. 〈매트릭스〉의 아트북은 거의 성서 취급하면서 연구했었죠. 그런 사람이 저만은 아닙니다. 이 책에 등장하는 모든 작가들이 집에다 가장 많이 사다 놓은 책은 바로 이런 아트북일 겁니다. 이제는 그 작가들에게도 자신이 등장하는 아트북이 하나 생긴 셈이네요. 어쩌면 이번 아트북이 처음이 아닐 수도 있고요. 정말 멋집니다.

이제 편하게 앉아서 이 멋진 그림들을 받아들이세요. 그림들이 던져주는 영감을 받으세요. 그것들이 여러분의 상상력을 휘어잡게 하세요. 그런 영감을 품고 직접 펜과 종이, 혹은 태블릿을 쥐어보세요.

혹시나 해서 다시 말씀드리지만, 저는 이 책의 존재 자체에 엄청나게 감동을 받았습니다. 정말 환상적인 아티스트들, 디자이너들, 그리고 작업자 여러분들의 노고가 담긴 작업물이며, 그중 몇 분은 제가 만나봤을 테고 또 몇 분은 앞으로 절대 만나지 못할 테지만 모두가 함께 똑같은 열정을 공유하고 있는 셈이니까요. 이 책 속의 등장인물들을 구성하는 모든 펜 선과 붓 자국, 모든 픽셀과 배색 선택 하나하나에 스파이더맨을 향한 깊은 열정이 녹아있습니다.

저는 지금껏 18년 동안 스파이더맨을 집필해왔으며 이 책과 영화의 관계자 여러분은 모두가 자신이 꿈꾸던 일을 하고 있다고 감히 말씀드릴 수 있습니다. 이제 '꿈꾸던 일'을 하면서 거쳤던 행복한 고민들의 서사시를 한번 즐겁게 살펴보시기 바랍니다.

브라이언 마이클 벤디스

소개

현대적인 히어로의 제작

2011년, 만화책 스토리 작가 브라이언 마이클 벤디스와 그림 작가 새라 피첼리가 마일스 모랄레스를 〈얼티밋 스파이더맨〉 시리즈의 주인공으로 소개했을 때, 팬들은 스탠 리와 스티브 딧코가 50년도 더 전에 만들어냈던 캐릭터의 새로운 모습을 열광적으로 받아들였다. 아프리카계 미국인 아버지와 푸에르토리코인 어머니를 둔, 똑똑하면서도 덕후끼 넘치는 아들 마일스는 마블의 세계관 속 다양성에 울리는 새로운 화음이었다.

마일스 모랄레스의 인기와 그가 활동하는 세계관의 신선함은 당시 전통적인 스파이더맨을 주제로 삼아 새 프로젝트를 모색하던 프로듀서 에이미 파스칼(당시에는 소니 픽처스 엔터테인먼트의 회장)과 마블 스튜디오의 설립자 아비 아라드의 관심을 제대로 끌었다. "아비와 저는 지금껏 극장용 슈퍼히어로 장편 애니메이션이 없었다는 데 의견의 일치를 보았습니다." 파스칼은 회상했다. "우리는 단순히 어린이뿐만 아니라 남녀노소 누구나 즐길 수 있는 장편 애니메이션을 만들고 싶었죠. 장르가 애니메이션이었기에 캐릭터들을 완전히 새롭게, 지금껏 실사 영화로는 불가능했던 방식으로 탐구할 수 있었습니다."

애니메이션과 실사 TV 시리즈 및 영화(스파이더맨 실사영화 6편까지) 제작 분야에서 성공적인 경력을 탄탄히 쌓아온 제작자 아비 아라드 역시 뭔가 새로운 시도를 하는데 열정적인 반응을 보여주었다. "모두가 애니메이션을 실사 영화로 바꾸고 있었죠. 그래서 저는 에이미에게 말했습니다. '아무래도 다른 방식을 시도해봐야 할 것 같아요'라고요." 아라드는 말했다. "멋진 만화책들의 스타일과 아트를 선보이고 누구나 즐길 수 있는 영화를 만들어야 했죠. 또한 다양성이라는 개념 역시 매우 중요했습니다. 스파이더맨에 내포된 큰 주제 중 하나는 누구나 그 거미 가면을 쓸 수 있다는 것이었거든요. 누구든 가면을 쓴다면 영웅의 마음과 영혼을 갖게 된다. 그게 이 가면의 진정한 의미가 아닐까요."

소니 픽처스 애니메이션의 〈스파이더맨: 뉴 유니버스〉는 감독 및 제작 면에서 평단의 극찬을 받은 필 로드와 크리스 밀러의 2인조를 총 제작자로 내세워 본격적인 제작에 들어갔다. 이 환상적인 2인조는 이미 소니 산하에서 〈하늘에서 음식이 내린다면〉(2009)과 그 후속작 〈하늘에서 음식이 내린다면2〉(2013), 〈레고 무비〉, 〈레고 배트맨 무비〉를 제작한 바 있으며 신작 애니메이션 제작이라는 모험을 감행하는 제작사를 돕기 위해 기꺼이 다시 합류했다.

"이번 영화의 주인공이 피터 파커가 아니라면 함께 작업하겠다고 생각했었어요." 로드도 인정했다. "그때는 마일스가 마블 세계관에서 가장 인기 있는 캐릭터라고 단언할 수 있었거든요. 좀 괴상한 얘기긴 한데, 딱 그즈음에 뉴욕 시에서 열렸던 제프 쿤스(미국의 현대 미술가) 전시회에 갔었어요. 그런데 호불호가 갈리는 부분이긴 하지만 제프는 다른 사람들의 작품을 주제로 예술을 하거든요. 그래서 저 역시 '어쩌면 좀 더 포스트 모더니즘 한(풀어서 설명을 한다면 '구조 해체적인', 혹은 '탈권위적인') 스파이더맨을 만들 수도 있겠어'라고 생각했죠. 그래서 다양한 만화책에서 수많은 스파이더맨 들이 모이는 가운데, 포스트 모던한 스파이더맨을 만든다는 아이디어를 탐구해 보기 시작했습니다."

로드와 동료 제작자인 밀러는 현재 우리가 슈퍼 히어로 장르의 절정기에 살고 있다고 생각했다. 그렇더라도 다른 등장인물 모두가 오랫동안 히어로 활동을 했던 도시를 배경으로 두고, 정작 주인공 본인은 처음으로 슈퍼 히어로가 되면서 갖게 되는 긴장감 넘치는 내면에 대해 풀어내는 스토리는 굉장히 참신했다. 밀러는 설명했다. "영화의 비주얼과 스토리 모두가 특히 멋지다고 생각했습니다. 지금껏 한 번도 본 적 없는 스타일이라 생각했어요. 스토리 면에서 말하자면, 마일스와 피터 파커 사이의 스토리는 굉장히 역동적인 관계가 만들어집니다. 마일스는 좀 더 어리고 별로 스파이더맨이 되고 싶어 하지 않으며, 슈퍼 히어로가 된다는 것은 골칫거리에 가깝다는 생각을 갖고 있습니다."

영화에서 선보인 최첨단 비주얼에는 로드와 밀러 모두가 똑같이 흥분된 반응을 보여주었다. 이번에 새롭게 만들어진 스파이더맨은 제작 디자이너 저스틴 K. 톰슨과 아트 감독 딘 고든, 그리고 소니 이미지웍스 산하의 멋진 기술팀의 협업을 통해 제작되었으며 지난 10년 동안 선보였던 그 어떤 CG 애니메이션 및 2D 애니메이션과도 크게 다른 모습을 보여주었다.

"영화 속 프레임이 마치 만화책 속 장면처럼 컷으로 나누어지는 순간도 있습니다." 밀러는 강조했다. "플래시 프레임으로 만들어낸 비범한 구도들이 있고, 또 영화 곳곳에 아주 괴상한 음향 효과와 양식화 비주얼이 산재해 있습니다. 캐릭터 중 한 명의 시선으로 영화 속을 보는 듯한 장면도 있으며, 한창 액션 씬이 벌어지는 현장을 100m나 멀리 떨어진 곳에서 바라보는 듯한 장면도 있습니다. 매우 멋진 장면일 뿐만 아니라, 그 장면 전체를 완전히 새로운 시각으로 바라볼 수 있도록 연출되기도 했습니다."

이번 영화를 공동으로 감독했으며 평단으로부터 좋은 평가를 받고 있는 감독 피터 램지

6~7쪽 건물 – 잭 레츠와 웬델 달릿
왼쪽 마일스의 콘셉트 아트 – 알베르토 미엘고
위 마일스의 스케치 – 헤수스 알론소 이글레시아스

위 마일스 세계의 맨해튼 콘셉트 아트 – 웬델 댈릿

(드림웍스에서 〈가디언즈〉 제작)에 따르면 이번 프로젝트는 원작 만화책의 미학에 대한 충성심을 지금껏 영화 속에서 선보인 적이 없는 수준으로 보여준다고 말했다. "물론 지금껏 수십 편의 마블 영화들에서는 영화적 스토리를 전개하면서 그런 장면들을 보여주기도 했었지만, 이 정도의 시각적 묘사를 구현했던 장편 애니메이션은 전혀 없었다고 생각합니다. 그렇기에 대중들도 이번 영화의 첫 번째 예고편을 보고 엄청난 반응을 보여준 거죠."

램지는 현재 관련 업계 최고의 애니메이션 감독 중 한 명으로서, 마일스의 이야기를 만들어내면서 특히 보람을 느꼈다고 말했다. "최근까지만 해도 백인이 아닌 히어로와 주인공들이 대단히 드물었기 때문에, 유색인종들은 은연중에 심리적인 단절감을 느껴야 했습니다." 그는 공감했다.
"독자들은 자신이 진정 공감할 수 있는 주인공이 없다면 작품의 전개를 제대로 따라가지 못하고 일종의 소외감을 느끼게 됩니다. 저는 마일스 모랄레스를 스파이더맨으로 소개한 것 자체가 더 이상 백인도, 남성도 아닌 캐릭터들을 구상하고 출연시키는 일종의 르네상스이자 트렌드를 만들어냈다고 생각합니다. 필과 크리스도 말했듯이, 스파이더맨의 주제는 누구나 이 스파이더맨의 가면을 쓸 수 있다는 것이었습니다. 언제나 그랬죠. 우리도 그런 이야기를 하고자 했습니다."

소니 픽처스 애니메이션의 회장 크리스틴 벨슨 역시 이번 영화의 주요 줄거리가 꽤나 강렬했다고 말했다. "마일스는 아버지와 삼촌과의 관계 속에서 자신의 정체성을 찾으려 하는 청소년이며, 그 과정에서 주변의 새로운 기대감과 책임감에도 모두 부응해야 합니다. 크리스(밀러)와 필(로드)이 가끔씩 강조했던 것처럼, 어린이 관객들에게 '너희들은 강력하고 우리도 너희들에게 많은 기대를 품고 있다'는 중요한 메시지를 전달하는 거죠."

그녀는 덧붙였다. "우리는 만화책의 그래픽 언어를 애니메이션 속에 구현함으로써 참신한 것을 선보이고자 했습니다. 작업 초기부터 알베르토 미엘고처럼 특출난 아티스트와 함께 일할 수 있었던 것은 행운이었습니다. 그는 우리에게 비전을 제시해주고, 영화에서 보여줄 획기적인 최종 결과물까지 모두를 이끌면서 많은 영향을 미쳤습니다. 그 영향력이란 상당히 경이로웠습니다. 우리는 주변의 기대를 뛰어넘고 지금껏 보지 못했던 결과물을 통해 모두를 깜짝 놀라게 하려 도전했습니다."

시각적 경이의 거미줄

제작자들은 새로운 스파이더맨과 그 세계관에 대한 비전을 실현하기 위해, 로드 & 밀러와 함께 〈하늘에서 음식이 내린다면〉 2부작을 작업했던 제작 디자이너 저스틴 K. 톰슨에게 연락을 취했다.

“초기 진행 과정을 보고 정말 아름답다고 생각했습니다. 저는 그걸 발판으로 삼긴 했지만, 이미 초기 결과물에서도 드러나 있었던 원작 만화의 언어를 더욱 강조하여 영화에 훨씬 더 강력한 시각적 개성을 주고 싶었습니다.” 톰슨은 말했다. “저는 제가 성장하면서 읽었던 만화책의 작가들을 따라 하며 그림 그리는 법을 배웠습니다. 그 선화(線畵), 채색, 질감, 스크린 인쇄 등 모든 것을 다 좋아합니다. 스파이더맨 역시 제가 어렸을 적부터 좋아했던 캐릭터였기에, 크리스와 필이 저한테 ‘만화책을 원작으로 한 장편 애니메이션 제작권을 받는다면 어떠시겠어요? 어떤 차별화를 선보이실 수 있겠어요?’라고 묻자 정말이지 엄청나게 흥분했었습니다.”

톰슨은 원작자의 손길을 훼손하거나 마일스가 사는 세계관의 표현이 자칫 가볍게 보이도록 할 만큼 번드르르하거나 화려한 요소들은 최대한 피하려 했다. “만화책들은 자신만의 방식으로 현실의 불편한 모습을 드러냅니다.” 그는 강조했다. “제가 언제나 만화책에 매력을 느끼는 이유 중 하나는, 만화라는 게 상상 속의 더 어두운 세계를 들여다보는 창이기 때문이에요. 이 세계 속의 슈퍼히어로들은 저와 똑같은 문제에 직면하지만 이를 해결하는 데 따르는 위험성은 훨씬 크죠. 마일스의 행동은 삼촌의 죽음으로 이어졌고, 이 표현을 절대 가볍지 않게 선보이는 건 제게도 상당히 흥미로운 도전으로 여겨졌습니다. 영화 제작자들 역시 여기에 약간의 변화도 주는 걸 원하지 않았죠. 이것은 마일스의 세계를 디자인하는 과정에서 거쳐야 했던 거의 모든 디자인적 결정에 영향을 미쳤습니다.”

소니 이미지웍스의 기술팀은 그래픽 노블 특유의 오돌토돌한 질감을 재현하려 노력했다. 심지어 고전 만화책들에서나 사용되었던 도트 프린팅 방식까지 재현하려 시도해 볼 정도였다. “페이지를 넘길 때마다 작가의 기교가 그대로 느껴질 정도였죠.” 톰슨은 회상했다. “하지만 저는 컴퓨터가 정확히 정반대의 표현 분야에 특화되어 있다는 걸 알고 있었어요. 컴퓨터는 현실을 그대로 모사하는데 최고죠. 그래서 저는 우리 팀을 이끌고, 그런 규칙과 기대를 왜곡하여 완전히 새로운 현실을 만드는 데 도전했습니다. 우리의 캐릭터가 살아갈 현실 말이죠.”

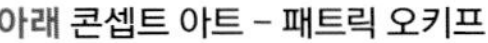
아래 콘셉트 아트 – 패트릭 오키프

위 삽화 – 유키 디머스
오른쪽 마일스의 초기 스케치 – 헤수스 알론소 이글레시아스

〈하늘에서 음식이 내린다면〉 2부작에서 이미 로드나 밀러와 함께 일했던 경력이 있는 아트 감독, 딘 고든은 설명했다. "컴퓨터 렌더링의 느낌은 그래픽적 표현과 상반됩니다. 우리는 현실주의로부터 한 발짝 물러나 보다 덜 자연스러우면서 추상적인 그림의 질감을 만들어내려 노력했습니다. 색상값의 부드러운 전환도 배제하려 했죠. 그건 컴퓨터 작업의 성격을 띠고 있으니까요. 아트워크 면에서는 보다 일러스트레이션 같은 느낌을 주기 위해 색상과 그 값을 완전히 분석하여 확실한 형태를 잡고 색상 변경도 거의, 아니면 아예 없도록 만들었습니다. 캐릭터의 피부 톤에도 똑같은 아이디어를 적용했습니다. 보통 만화책에서 보았던 동일한 스크린톤과 해치, 그리고 색상값 밴딩을 사용한 동일한 환경에 어울리는 피부 톤을 사용한 덕분에 일러스트레이션 같은 느낌을 더욱 강화할 수 있었습니다."

영화 속에서는 라이팅을 활용해 만화책과 같은 느낌을 내기도 했다. "장편 애니메이션들은 주로 밝고 화사한 라이팅을 사용하는 경향이 있습니다." 고든이 말했다. "우리는 라이팅 활용의 영역을 넓히고자 했고, 또 실사 액션 영화에서 사용하는 몇 가지 테크닉도 검토했습니다. 창의적이어야 하는 시퀀스에서는 아예 어둡게 갈 수도 있었고요. 여기서는 아주 적은 라이팅만을 받는 어두운 형상들을 사용했습니다. 우리는 언제나 샷의 어느 부위가 노출되는지 생각했습니다. 프레임 모서리에서 라이트가 흘러 들어오게끔 했고요. 그리고 언제나 라이팅 속에서 조명을 받는 무언가를 포함하고자 했습니다. 덕분에 우리가 영화 속에서 표현하고자 하는 영역을 크게 넓힐 수 있었습니다."

예전부터 소니에서 〈부그와 엘리엇〉, 〈서핑 업〉, 〈하늘에서 음식이 내린다면〉 2부작, 〈아더 크리스마스〉, 〈몬스터 호텔〉 2부작 등 수많은 영화들을 작업해 온 애니메이션 총괄 담당자 조시 베버리지는 고든의 말을 더욱 강조했다. "만화적 느낌과 현실적 느낌 사이에서 적당한 균형을 잡는 것은 정말 큰 과제였습니다." 그는 힘주어 말했다. "만화책의 표현 방식을 애니메이션으로 전달하기 위해 사물을 보는 방식 자체를 철저히 해체하고 분석해야 했습니다. 이렇게 활달하고 산뜻한 팝 아트적인 느낌을 내려다보니 프레임 모듈화로 이어졌습니다. 실사 영화 속에서의 스파이더맨을 보고 있자면 솔직히 완벽한 현실감은 들지 않습니다. 스파이더맨의 멋진 모습을 연출하기 위해서 현실의 물리 법칙과는 약간의 타협을 해야 하니까요. 애니메이션은 물리 법칙 자체를 박살 낼 수 있게 해 주지만, 그렇다고 지나친 변화를 주거나 너무 변화를 주지 않아도 안 됩니다. 아주 생동감 넘치고 활달한 자극을 주어야 하니 말입니다. 소니 픽처스 애니메이션에는 정말 멋지고 탄탄한 애니메이션 및 시각효과 파이프라인이 갖춰져 있으며, 이 프로젝트 때문에 제작 과정 내내 파이프라인을 계속해서 쇄신했다고 생각합니다."

이미지웍스의 고참 직원이자 뉴 유니버스의 시각 효과 총괄 담당인 대니 디미언은 이 작품이 겪은 창의적 여정을 소니가 예전에 달성했던 기술적 업적에 비교했다. "이번 스파이더맨 작품은 우리가 〈할로우맨〉(2000)을 작업했던 때를 기억나게 합니다." 디미언은 말했다. "당시 우리의 시도와 관련된 기술들은 애초에 정립도 제대로 되지 않았었기 때문에, 모든 것을 처음부터 새로 구상해야 했습니다. 그래도 이번에는 프로그램을 백지부터 새로 작성할 필요는 없었습니다. 그저 스토리텔링을 하는 데 필요한 새로운 기술을 찾기만 하면 됐죠."

2002년작 〈스파이더맨〉과 〈스튜어트 리틀2〉, 〈폴라 익스프레스〉, 〈서핑 업〉 및 〈하늘에서 음식이 내린다면〉 등과 같은 숱한 작품들의 작업에 참여했던 디미언은 뉴 유니버스의 기술팀이 기존 CG 애니메이션과 관련하여 정립된 형식과 거리를 두려 했다고 말했다. "컴퓨터가 모든 작업을 정확하게 해주니 사용자는 올바른 시점과 지오메트리만 계속 유지해주면 되는 형편입니다." 그는 지적했다. "그런데 예술이 흥미로운 점은, 이 분야에서는 인간의 손으로 직접 만들면서 생기는 불완벽마저도 조명을 받는단 말이죠. 틀을 부술 방법을 찾아야 했습니다."

기술팀은 다양한 스타일로 고전 만화책들에 대한 경의를 표했으며, 그런 독특한 시도들 중에는 인쇄물에서 으레 나타날 만한 불규칙적인 배색 인쇄 상태까지 그대로 구현하려 했던 시도도 있었다. "우린 그 시도를 기회 삼아서 장면 속 초점을 어떻게 맞춰야 할지 탐구해 보았어요." 디미언은 말했다. "배색이 불규칙적이라서 이미지에 포커스를 맞추기 힘들었거든요. 그래서 우리는 '카메라가 렌즈처럼 초점을 흐리지 않는다면 어떨까?'라고 생각했죠. 그래서 초점을 분산하고, 이미지 역시 마치 인쇄 실수가 일어난 것처럼 오프셋 인쇄를 했습니다. 이런 방식을 통해 화면에 실제로 뭔가 인쇄를 한 듯한 효과를 만들어내니 정말 멋졌습니다."

톰슨은 최신 3D 기술의 도움을 받아 만화책 특유의 미학을 최대한 생생하게 살려내는 게 제작 전반의 목표였다고 말했다. "우리는 영화의 정지 화면, 매 프레임 하나하나가 모두 일러스트레이션처럼 보였으면 좋겠다는 이상적인 목표를 세웠습니다." 그는 결론을 맺었다. "이 작품이 큰 그림으로 볼 때만 멋져 보이길 바라지 않았습니다. 도트며, 스크린톤이며, 컷이며, 작품 속 모든 요소들이 3D 공간에 아주 잘 먹혀 들어갑니다. 우리의 목표는 관객 여러분에게 마치 만화책 속에 들어간 듯한 느낌을 주는 것이었습니다."

장면 구성

뉴욕시는 지금껏 영화로 선보였던 스파이더맨의 수많은 전작들과 마찬가지로 주인공이 모험을 벌이는 단순한 배경이 아니라 그 이상의 존재다. 스파이더맨의 모험은 맨해튼의 분주한 길거리를 주 배경으로 삼으며, 우리는 스파이더맨이 지하철의 객차 위를 뛰어다니거나 마천루에 거미줄을 걸고 날아다니는 장면을 자주 본다. 하지만 다른 영화들과 달리 마일스 모랄레스와 그 가족들은 브루클린에 살고, 이런 편안한 가정의 모습은 삭막하고 혼잡한 대도시 뉴욕의 모습과는 꽤나 상반된 것이다.

"우리의 맨해튼은 실제 도시의 각종 요소들을 과장해서 옮겨놓은 결과물입니다." 시각 개발 아티스트인 유키 디머스가 말했다. "마천루 밑에서 건물을 올려다보는 관객들에게 도시 전체가 주는 위압감과 경이감을 동시에 주고 싶었습니다. 배색의 관점에서 보자면 맨해튼은 색상 중에서도 특히나 차가운 색을 띠고 있어서 마일스에게 냉정하고 정떨어지는 느낌을 줍니다. 이는 브루클린과 마일스네 가족들의 아파트가 주는 따뜻한 느낌과 정확히 상반됩니다."

왼쪽 자신의 전통적인 영역을 배경으로 한 스파이더맨의 모습 – 알베르토 미엘고 **위** 마천루 그림 – 패트릭 오키프 **아래** 마일스 세계의 맨해튼 길거리 풍경 – 유키 디머스

SCHOOL BUS

"우리가 제작한 영화가 다른 대규모 애니메이션 제작사들의 작품에 비해 정말 일러스트레이션 같고 독특한 느낌을 주는 걸 보면 너무나 자랑스럽습니다. 이번 영화의 제작에서 세웠던 큰 목표 중 하나는 원작 만화책들처럼 불편한 현실을 반영하는 듯한 느낌을 주거나, 상상 속 세계를 들여다보는 창으로 만드는 것이었습니다."

제작 디자이너, 저스틴 K 톰슨

왼쪽 콘셉트 아트 – 닐 로스, 크레이그 멀린스, 그리고 피터 챈 위 삽화 – 패트릭 오키프
18~19쪽 삽화 – 잭 레츠

Q-3016

위 콘셉트 아트 – 패트릭 오키프 아래 왼쪽 삽화 – 유키 디머스 아래 오른쪽 아트 – 패트릭 오키프
맨 밑 건물 디자인 – 웬델 댈릿 21~23쪽 콘셉트 아트 – 알베르토 미엘고

"우리는 이번 영화가 마치 살아 움직이는 만화책처럼 보이길 원했습니다. 또한 영화의 최종 결과물이 초기 콘셉트 아트와 매우 흡사해 보이길 원하기도 했죠. 이 콘셉트 아트들은 너무나 역동적이고 참신한 데다 시각적으로 매력적이어서, 정말 화면 속에 그대로 옮겨놓고 싶었습니다."

제작자, 크리스티나 스타인버그

그 순간 스파이더맨은 자신의 경이로울 정도로 강력한 육체에 남아있던 모든 힘을 끌어 모아, 마지막 시도로 멀리 도약했다.
.com
TITANO
VS
POE LANDROVER
THE REMATCH
BACK
BANG
THE DANGEROUS BLUE WOMAN
ONLY!!!!
Ktv
BACK

?!?
M3T
SAFETY'S OUR GOAL
How Are We Doing???
CALL 511
+transportation
THIS BUS
RESPECT
CYCLIST
WARNING
WIDE
TURNS

영화의 아티스트들 사이에서는 '고인 피터'라는 애칭으로 불린(영화 초반의 첫 등장 장면에서 사망했다) '원조' 스파이더맨은 정말 이상적인 슈퍼 히어로의 모습을 하고 있다. 완벽한 금발 머리(《흐르는 강물처럼》에 출연했던 브래드 피트로부터 본떴다고 한다)와 이상적인 신체 조건까지, 또 다른 세계관 출신의 '나이 든 스파이더맨'과는 정말 극과 극의 모습을 보여주었다. 그는 자신의 슈트와 웹슈터를 직접 만들었으며, 심지어 메이 숙모의 집 지하에는 스파이더맨 작업실까지 만들었다.

"여러분이 거미에 물려서 자신을 이끌어줄 스파이더맨 멘토가 필요하다면, 이 스파이더맨이야말로 완벽한 후보입니다." 밥 퍼시체티 감독은 말했다. "크리스 파인(영화 크레딧에는 실리지 않았다)이 목소리를 맡은 이 스파이더맨은 현재 20대 중반이라는 인생의 정점기를 달리고 있으며 대략 10년간 스파이더맨 활동을 해 왔습니다. MJ와 결혼했고 메이 숙모도 여전히 살아 계십니다. 마일스는 이 스파이더맨과 그린 고블린이 싸움을 벌이는 현장에서 그와 마주치게 됩니다. 마일스와 피터가 처음 교류하는 것도 한창 싸움이 벌어지던 와중이었죠. 피터 파커는 마일스의 생명을 구해준 다음 두 사람의 스파이더 센스가 공명하면서, 마일스 역시 스파이더맨이라는 사실을 알아차립니다. 그래서 마일스에게 이렇게 말하죠. '우선 세계부터 구하고 온 다음에 거미줄 타는 법 가르쳐 줄게' 그렇게 우리는 마일스에게 완벽한 멘토가 되어 줄 인재를 떠나보냅니다. 그의 역할은 어디까지나 그다음에 만나게 될 피터가 꽤나 미덥지 못하다는 점을 부각하는 것이었으니까요!"

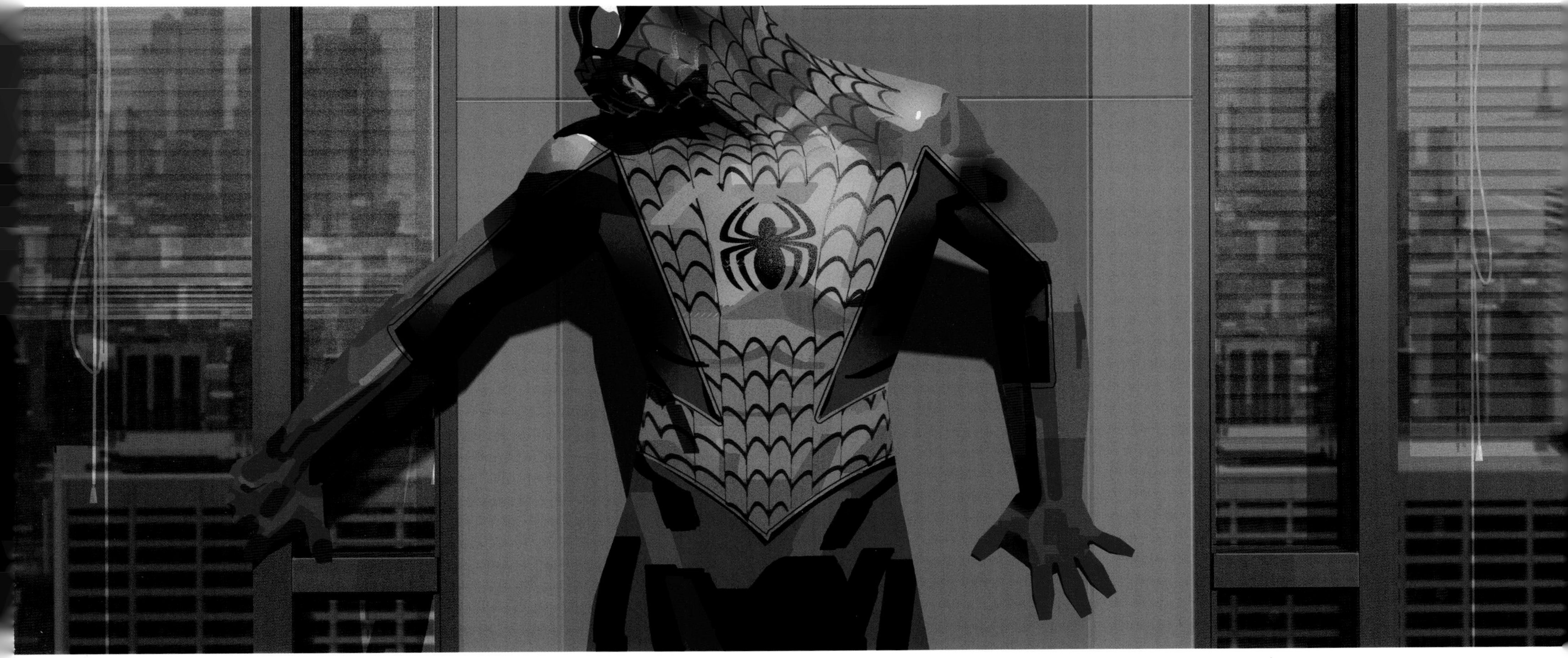

왼쪽 2D 디자인 – 김시윤, 3D 디자인 – 오마 스미스, 삽화 – 웬델 델릿 **위** 콘셉트 아트 – 알베르토 미엘고 **아래** 초기 구상 스케치 – 헤수스 알론소 이글레시아스

"이 영화가 던지는 핵심적인 메시지 중 하나는 누구나 스파이더맨의 가면을 쓸 수 있다는 것입니다. 우리 모두는 그런 힘과 책임감을 갖고 있습니다. 우리나라의 꿈나무들이 스스로의 의지로 직접 나서서 옳은 일을 행하길 바랍니다."

크리스틴 벨슨,
소니 픽처스 애니메이션 회장

VISIONS

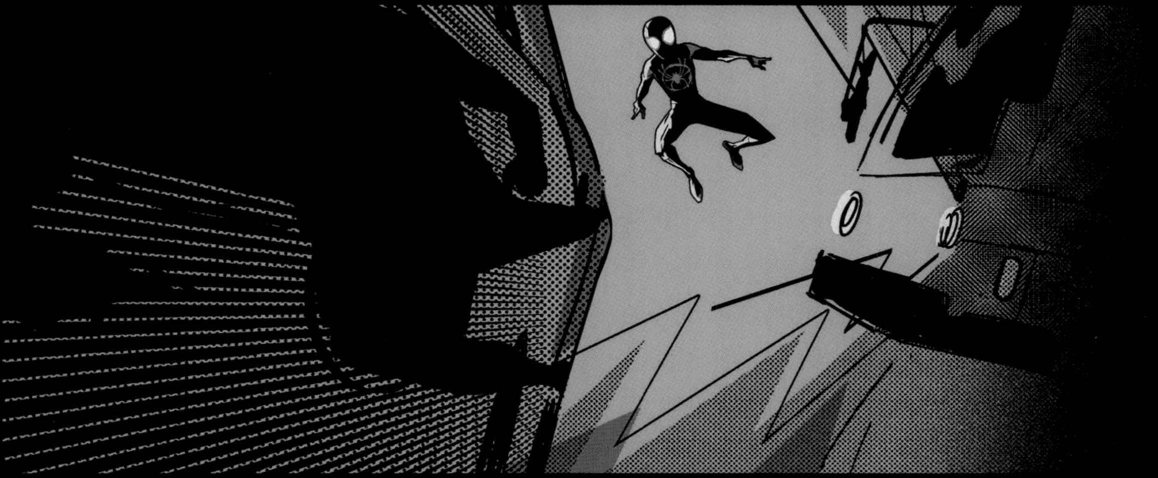

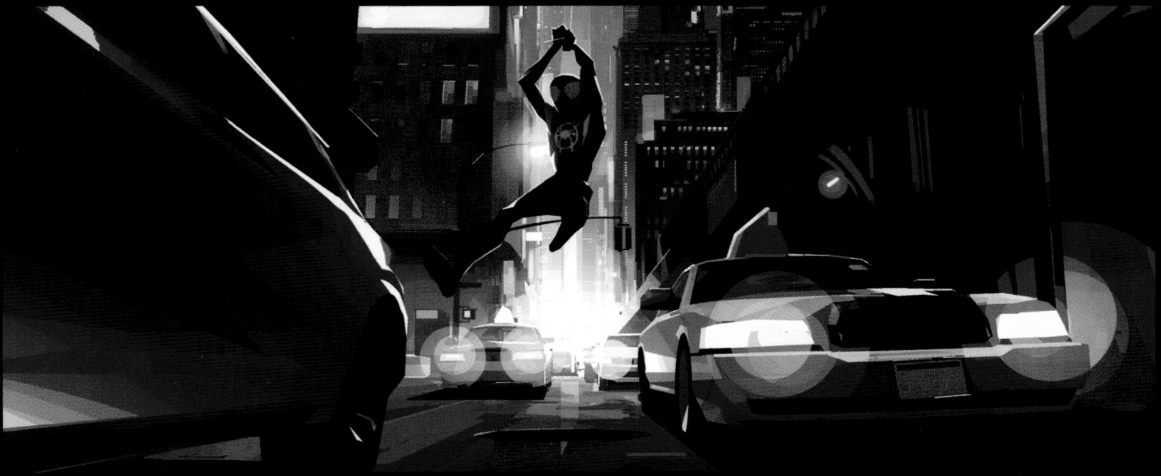

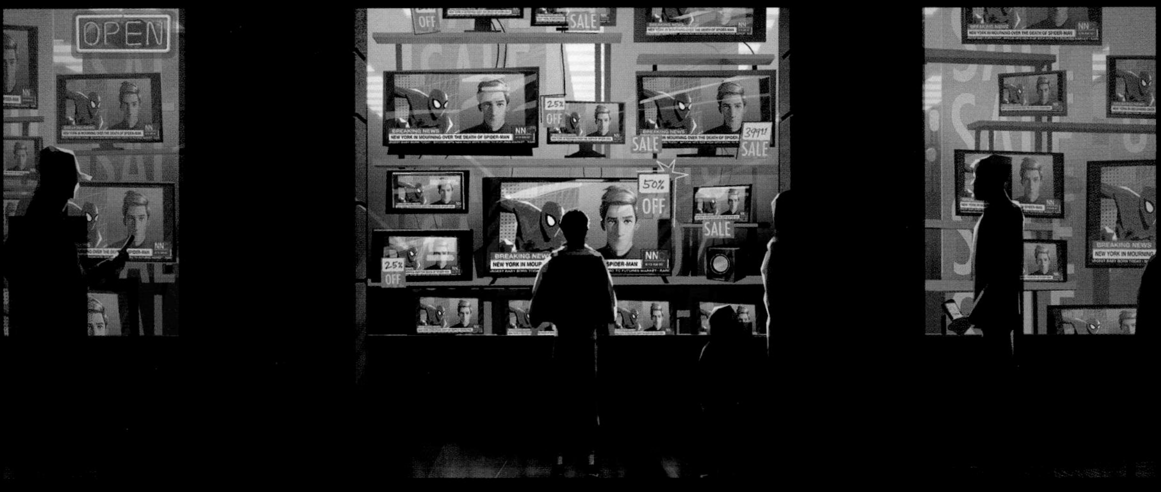
OPEN
SALE
50% OFF
25% OFF
BREAKING NEWS

EXIT

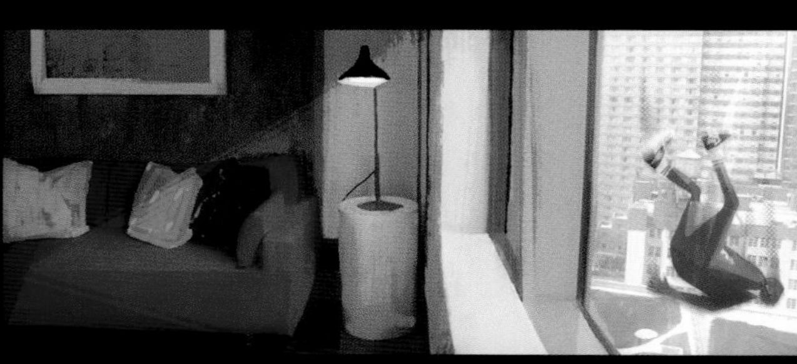

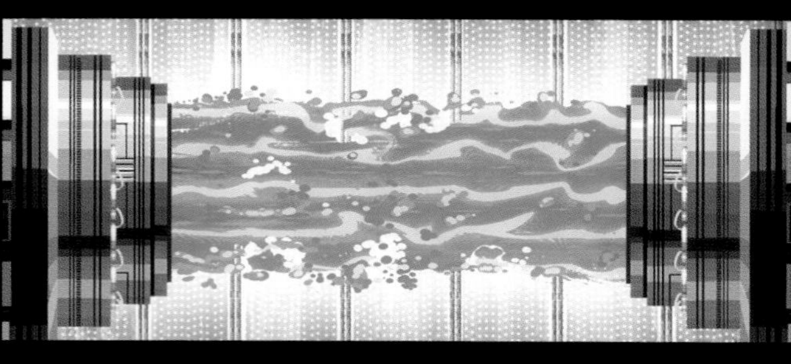

the
SPIDER-MAN!

마일스 모랄레스가 누구야?

마일스 모랄레스는 〈스파이더맨: 뉴 유니버스〉의 브라이언 마이클 벤디스와 새라 피첼리가 그린 만화의 주인공이자 적극적인 성격을 가진 흑인-푸에르토리코 혼혈의 13세 소년으로, 당시 미 대통령이었던 버락 오바마와 영화배우 도널드 글로버로부터 많은 영향을 받아 탄생했다. 〈스파이더맨: 뉴 유니버스〉의 제작자들은 아직 슈퍼 히어로로서 자신의 숙명을 완전히 확신하지 못한 신규 캐릭터를 이번 애니메이션의 주인공으로 세운다는 점이 꽤나 신났다고 했다.

접힌 페이지 컬러 스크립트 – 데이브 블레이
접힌 페이지 삽화 – 저스틴 K. 톰슨, 웬델 댈릿, 알베르토 미엘고, 그리고 유키 디머스
아래 마일스의 슈트와 망토에 관한 초기 콘셉트 아트
오른쪽 콘셉트 아트 – 알베르토 미엘고

"최근까지만 해도 백인이 아닌 히어로와 주인공들이 대단히 드물었기 때문에, 유색인종들은 은연중에 심리적인 단절감을 느껴야 했습니다. 독자들은 자신이 진정 공감할 수 있는 주인공이 없다면 작품의 전개를 제대로 따라가지 못하고 소외감을 느끼게 됩니다."

감독, 피터 램지

위 콘셉트 아트 – 알베르토 미엘고
28~29쪽 콘셉트 – 헤수스 알론소 이글레시아스, 알베르토 미엘고, 그리고 김시윤

"제가 이 영화를 사랑하게 된 계기는 바로 마일스였습니다." 소니 픽처스 애니메이션 회장, 크리스틴 벨슨은 말했다. "마일스는 실로 굉장한 캐릭터인 데다 피터 파커와 매우 다른 모습을 보여줍니다. 마일스는 부모님의 사랑을 받는 아이입니다. 그는 자신감에 차 있고, 피터와는 매우 다른 유형의 문젯거리들과 맞닥뜨리죠."

마일스는 우리가 영화 속에서 만나게 되는 피터 파커와 매우 대비되는 인물이기도 하다. "마일스와 피터는 둘 다 매우 비슷한 식으로 슈퍼 히어로가 됩니다." 애니메이션 총괄 담당인 조시 베버리지는 말했다. "하지만 피터는 천재 소년이고, 마일스는 그저 평범한 소년이 되고 싶은 아이였죠. 그래서 더 도전적이면서 흥미로운 여정을 떠나게 됩니다."

제작 디자이너 저스틴 K. 톰슨은 마일스를 다음과 같이 묘사했다. "우리는 마일스를 이제 막 성장하기 시작한 초심자처럼 그리고 싶었습니다. 마치 아기 사슴을 닮았죠. 가느다란 다리로 바들바들 떨면서 서 있지만, 그래도 의지와 능력만큼은 출중합니다." 그는 강조했다. "다른 캐릭터들과 함께 싸워야 할 때는 정말 당당하게 나서니까요."

스토리보드 아티스트인 미겔 히론도 덧붙였다. "이번 영화 속에서 온갖 재미있는 아이디어들과 요소들을 시험하는 데는 항상 마일스의 입장에 서서 주위의 모든 놀라운 사건들을 바라보는 게 큰 도움이 되었습니다. 자신의 숙명에 확신을 갖지 못하다가, 스스로가 상상할 수 있는 수준 이상으로 훨씬 더 위대해져 버린 13세 소년의 시각으로 말이죠."

제작자 아비 아라드는 자신과 제작팀 전체가 영화를 만들던 과정에서 마일스의 매력에 푹 빠졌듯이, 관객들 역시 마일스에게 애정을 갖길 바랐다. "요점은 굳이 근육투성이에 키가 훤칠하지 않더라도 충분히 강자가 될 수 있다는 거죠. 모든 사람은 각자의 매력을 갖고 있는 데다, 그걸 애니메이션으로 보면 훨씬 더 멋지죠!

위 슈트를 입은 마일스의 스케치 삽화 – 헤수스 알론소 이글레시아스

위 피터와 마일스의 스케치 - 헤수스 알론소 이글레시아스 아래 스토리 아트 - 미겔 히론

"우리는 최신 3D, CG 애니메이션 툴을 사용했지만 그래도 아티스트들에게 영화 속 모든 프레임 하나하나가 일종의 일러스트레이션처럼 보여야 한다는 점을 명확하게 주지시키고 싶었습니다. 현시대의 기술적 성과도 정말 놀랍긴 하지만, 그보다도 인간의 손으로 그려낸 작품을 더 부각시키려 했습니다."

각본/ 총괄 제작자, 필 로드

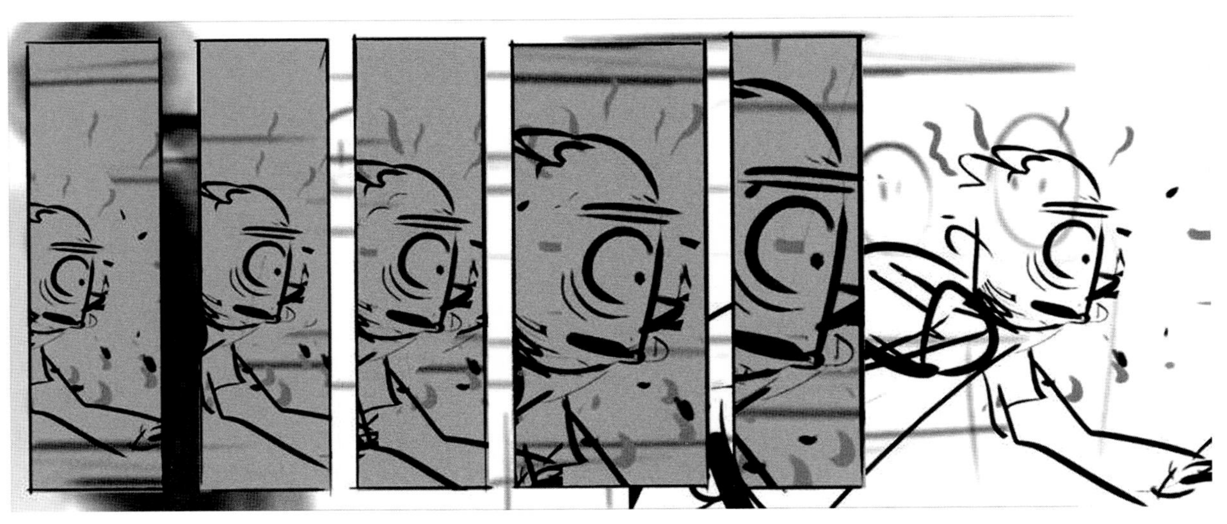

브루클린에 위치한 모랄레스 가족의 아파트는 따뜻하고 다문화적인 분위기가 가득하며, 우리의 주인공 소년은 바로 이 장소에서 평생을 살았다. 디자이너들은 모랄레스 가족의 따뜻하고 안락한 공간을 상세히 묘사하면서 아버지와 어머니 모두의 배경 요소를 녹여내려 했다. "모랄레스의 가족은 브루클린에 있는 오래되고 고풍스러운 건물에서 살고 있습니다." 제작 디자이너 저스틴 K. 톰슨은 말했다. "실내에는 리오 모랄레스의 강렬한 푸에르토리코식 배경이 녹아있으며, 제퍼슨이 살아온 배경 이야기 역시 디자인에 배어 있습니다. 마일스의 침실에는 부모님 두 분의 배경이 섞인 영향뿐만 아니라 그 자신의 예술적인 성향까지 반영되어 있습니다. 화목한 가정에서 자라났다는 걸 보여주는 최고의 배경인 셈입니다. 마일스가 학교에 가는 첫날을 그린 장면에서는 그가 옛 친구들에게 손을 흔들면서 정든 동네를 떠나는 장면을 보게 됩니다. 브루클린 비전 아카데미에 도착한 마일스는 주변의 모든 것이 엄격하게 정리된 모습을 보면서 일종의 문화 충격을 겪게 되죠."

32~33쪽, 위와 오른쪽 모랄레스 가족의 아파트를 그린 일러스트레이션 – 피터 챈

위와 아래 삽화 – 피터 챈

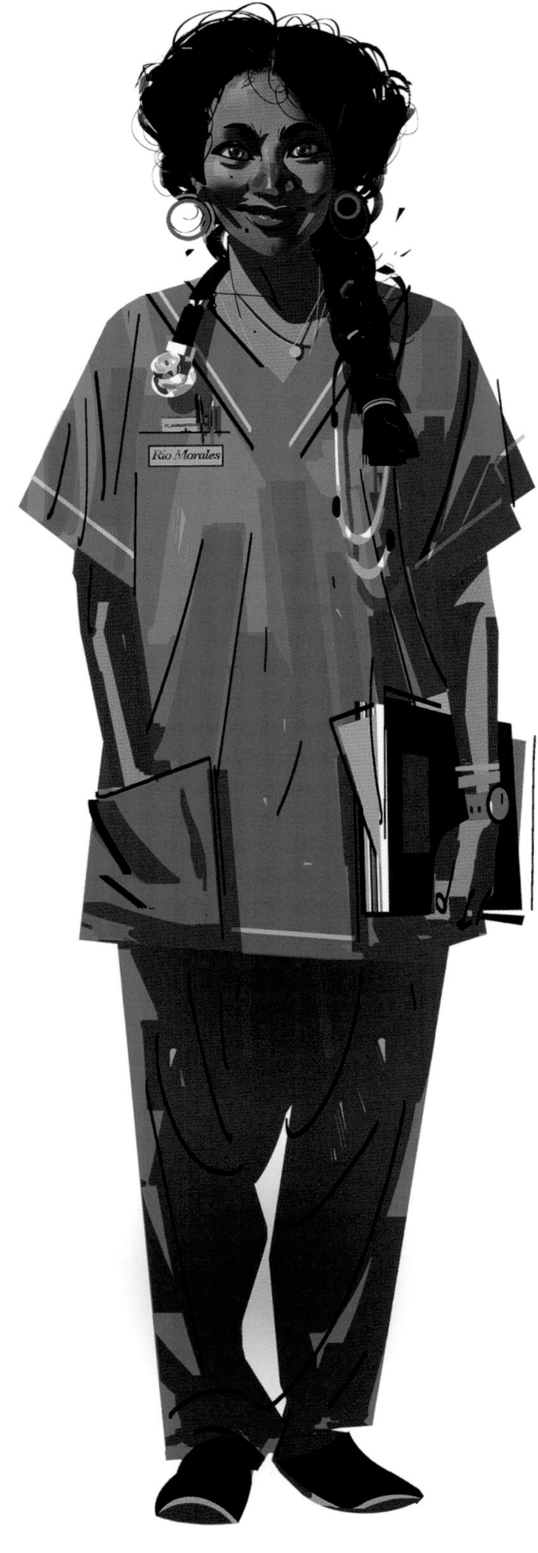
Rio Morales

리오는 부지런한 푸에르토리코계 간호사이자 아들에게 최고의 지원을 해주고 싶어 하는 자상하고 현대적인 브루클린 엄마다. 그녀는 브루클린 비전 아카데미 입학을 내켜 하지 않는 아들의 갈등을 분명히 이해하고 있지만, 또한 마일스가 최고의 교육을 받을 수 있는 기회를 제공하고 싶어 한다. 영화의 아티스트들은 리오를 디자인하면서 마일스와 상당히 닮은 외모를 가진 평범한 여성을 만들고자 했다.

아티스트들은 리오를 창조하기 위해 뉴욕시에서 흔히 만날 수 있는 실제 사람들을 바탕으로 삼기로 결정했다. "우리는 리오를 보다 알기 쉬운 캐릭터로 만들려 했습니다." 저스틴 K. 톰슨은 말했다. "그녀는 마일스와 함께 나오는 장면에서 섬세하고 감정적인 면을 강조해서 보여주죠. 관객들은 이를 통해 리오가 마일스와 맺고 있는 아주 끈끈한 유대감을 느끼게 됩니다."

36~37쪽 삽화 – 딘 고든, 캐릭터 콘셉트 – 알베르토 미엘고
왼쪽 2D 디자인 – 김시윤, 삽화 – 웬델 댈릿 아래 얼굴 표정 연구 – 김시윤

마일스의 아버지는 엄격한 베테랑 경찰관이자, 부모가 자식에게 품고 있는 기대감을 마일스도 이해해주길 바라며 갈등을 빚는 인물이다. 그 역시 나름의 배경 이야기를 갖고 있다. 어렸을 적 마일스의 아버지는 자기 형제 애런과 함께 어울리면서 사고를 치고 다녔지만, 리오를 만나 아이를 갖게 된 후에는 올바른 삶을 살기로 결심하고 경찰이 되었다.

21
21

아티스트들은 마일스의 아버지를 디자인하면서 터프한 성격에 걸맞는 힘과 신체 조건을 드러내려 했다. “하지만 그러면서도 마음 따뜻한 사내란 점을 분명히 보여주어야 했죠.” 제작 디자이너 저스틴 K. 톰슨은 말했다. “제퍼슨은 겉보기에 매우 위압적인 외모를 가진 인물이지만, 그래도 여전히 우리가 충분히 공감할 수 있는 인물이기도 합니다. 제퍼슨의 디자인은 그가 갖고 있는 양면성을 잘 드러냅니다. 그는 가끔씩 마일스가 자신의 과거처럼 말썽에 휘말리지 않도록 하기 위해 엄격한 모습을 보여줄 때도 있지만, 대부분의 장면에서는 그 누구의 마음이든 곧장 열어버릴 정도로 따뜻하고 진심 어린 미소를 보여줍니다.” 또한 톰슨은 제퍼슨이 피터 램지 감독의 인생 속 누군가와 묘하게 닮았다는 점도 강조했다. “피터네 아버지랑 굉장히 많이 닮았어요!”

40~41쪽 캐릭터 콘셉트 아트 – 알베르토 미엘고
왼쪽 청소년 시절의 제퍼슨과 애런 – 웬델 댈릿

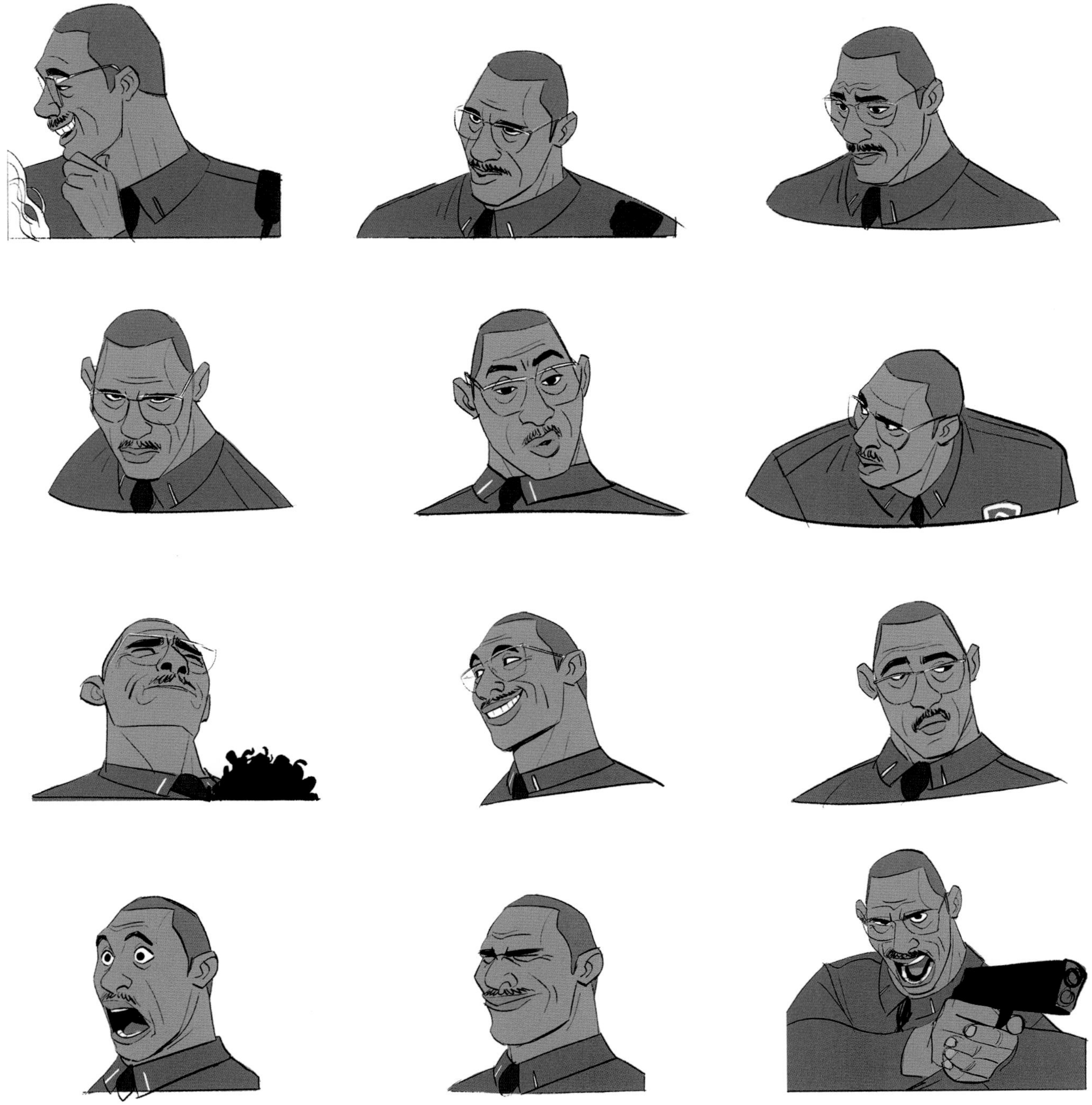

위 제퍼슨의 표정 연구 – 김시윤

오른쪽 2D 디자인 – 김시윤, 삽화 – 야샤르 카사이

애런 삼촌은 마일스가 항상 우러러볼 만큼 멋진 사람이기에, 그가 사는 아파트 역시 재미있고 십 대 청소년이 흥미를 가질만한 요소들이 반영되어야 했다. 시각 개발 아티스트인 유키 디머스는 설명했다. "애런의 아파트는 마일스가 자신을 이해해주지 못하는 세상으로부터 도피하는 피난처 같은 곳입니다. 십 대 청소년이라면 으레 좋아하겠지만, 제정신 박힌 부모들이라면 질겁할 만한 물건들로 가득 차 있죠. 투척용 단검이나 일본도, 괴상한 전자 기기, 그리고 쓸데없이 시끄러운 음향 시스템처럼 말이죠. 결국 이곳은 마일스가 자신의 책임감으로부터 도피하는 곳이자, 역으로 자신이 그저 도망을 치고 있다는 사실을 깨닫게 되는 장소죠!"

위와 아래 애런의 아파트 최종 삽화 – 유키 디머스

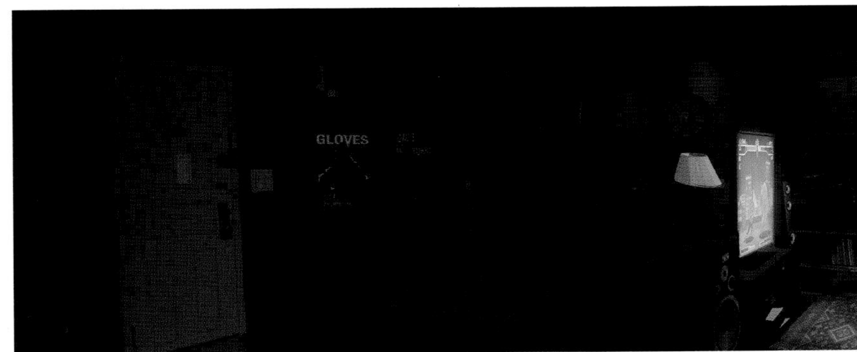

위 애런의 아파트 콘셉트 아트 모음 - 유키 디머스, 연 링, 버건 링, 그리고 닐 로스

마일스의 삼촌은 마일스 모랄레스의 원작 만화책과 영화 모두에서 가장 복잡하고 매력적인 등장인물 중 한 명이다. 그는 우리의 주인공 소년에게 삶의 재미를 안겨 주는 멋진 삼촌이지만 결국 감추고 있던 어두운 비밀이 드러나고 만다. "애런은 마일스에게 세상만사를 언제나 심각하게만 받아들일 필요가 없다는 걸 가르쳐 줍니다." 각본 겸 제작자인 크리스 밀러가 말했다. "물론 우리는 애런이 악당 '프라울러'였단 것을 알게 됩니다. 이처럼 그는 매우 긍정적인 롤 모델이자 어둡고 충격적인 악당의 모습으로 다가오기에, 마일스와 아주 흥미롭고 미묘한 관계를 맺게 됩니다. 애런과 제퍼슨은 각각 마일스가 선택할 수 있는 두 가지 인생의 진로를 상징하는 셈이죠. 두 캐릭터 모두 정말 멋진 배우들이 연기해 주었습니다." 애런의 성우는 마허샬라 알리(《문라이트》, 〈알리타: 배틀 엔젤〉 등)가, 제퍼슨의 성우는 브라이언 타이리 헨리(《애틀랜타》 등)가 맡았다.

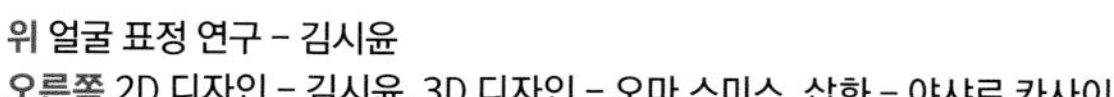

위 얼굴 표정 연구 – 김시윤
오른쪽 2D 디자인 – 김시윤, 3D 디자인 – 오마 스미스, 삽화 – 야샤르 카사이

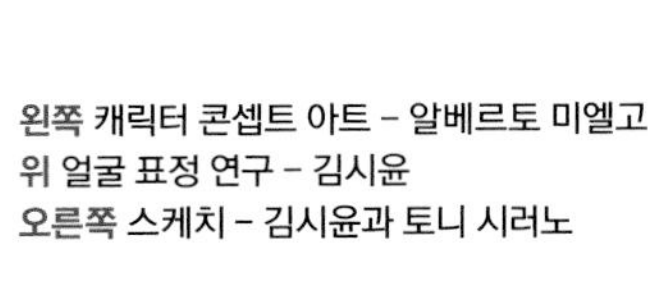

왼쪽 캐릭터 콘셉트 아트 – 알베르토 미엘고
위 얼굴 표정 연구 – 김시윤
오른쪽 스케치 – 김시윤과 토니 시러노

위와 아래 애런 데이비스의 외모와 스타일을 연구하던 과정에서 나온 초기 캐릭터 스케치 – 헤수스 알론소 이글레시아스

다른 등장인물들은 길거리에서 흔히 만날 수 있는 평범한 사람들의 외모를 바탕으로 삼은 것과 달리, 애런의 목소리를 맡은 성우인 마허샬라 알리의 외모에서 상당한 영향을 받았다. "애런은 자신의 실제 성우와 많이 닮은 극소수의 등장인물 중 하나입니다." 제작 디자이너 저스틴 K. 톰슨은 말했다. "알리는 개성적인 외모를 가진 데다 영화 제작 초기에 캐스팅되었던 성우 중 한 명이었기 때문에, 디자이너인 김시윤(〈라푼젤〉, 〈겨울왕국〉, 〈주먹왕 랄프〉 등 참여)은 알리의 훤칠하고 마른 신체와 위아래로 길고 여윈 얼굴을 보고 상당한 영감을 받았습니다. 제퍼슨은 풋볼의 공격수처럼 떡 벌어진 신체를 하고 있는 반면, 애런은 훤칠한 농구선수 같은 스타일이죠. 김시윤 디자이너는 정말 아름답고 참신한 디자인을 만들어냈습니다."

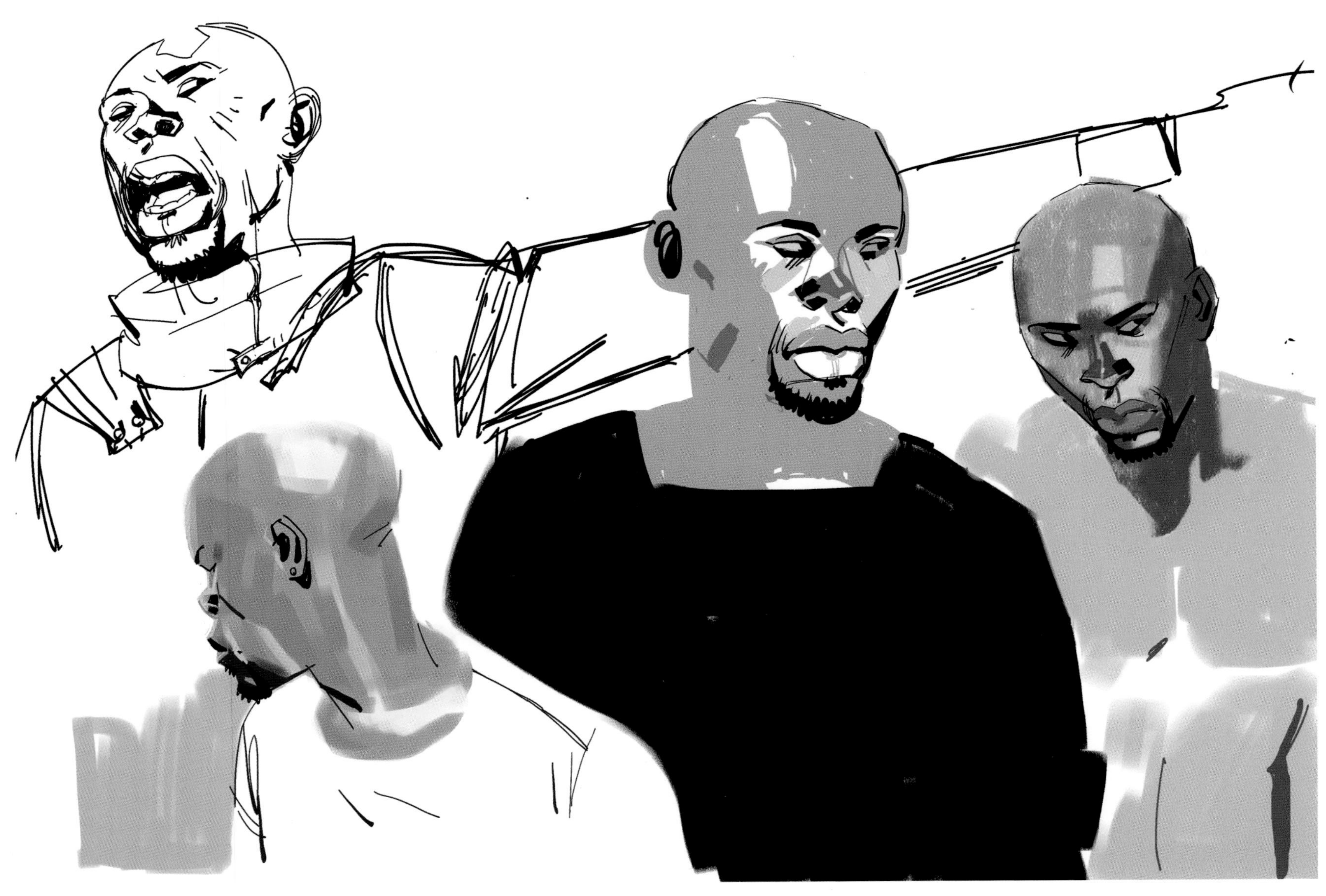

위 콘셉트 연구 – 헤수스 알론소 이글레시아스

HORIZON LABS
DANGER
DANGER
DO NOT ENTER

NOTICE
AUTHORIZED PERSONNEL ONLY

50쪽 마일스와 애런의 콘셉트 아트 – 잭 레츠, 스토리 아트 – 존 퍼글리시 현재 페이지 콘셉트 아트– 패트릭 오키프
52~53쪽 삽화 – 닐 로스

NYPD

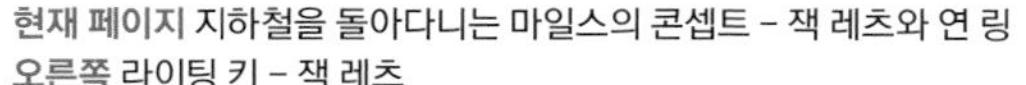
현재 페이지 지하철을 돌아다니는 마일스의 콘셉트 – 잭 레츠와 연 링
오른쪽 라이팅 키 – 잭 레츠

흐릿한 비전

비전 아카데미는 학교의 외부, 내부, 그리고 기숙사 방의 외부 등 총 세 부분으로 나뉜다. 제작팀의 목표는 브루클린에 있는 마일스의 집이 주는 따뜻하고 솔직하며 안락한 느낌과 완전히 상반된 인상을 만들어내는 것이었다. 개발 아티스트 피터 챈은 설명했다. "현대적인 디자인 미학과 건축 자재를 활용해 역사적인 건물을 지어 올리는 식으로 아이디어를 구현했습니다. 학교의 입구만 보더라도 조금이나마 확인해볼 수 있죠. 전반적으로는 매우 차갑고 삭막한 느낌도 주도록 의도했습니다."

위 학교 입구 – 피터 챈
오른쪽 삽화 – 닐 로스

위 디자인 – 알베르토 미엘고, 삽화 – 딘 고든 아래 삽화 – 친 코
59쪽 삽화 – 피터 챈과 잭 레츠

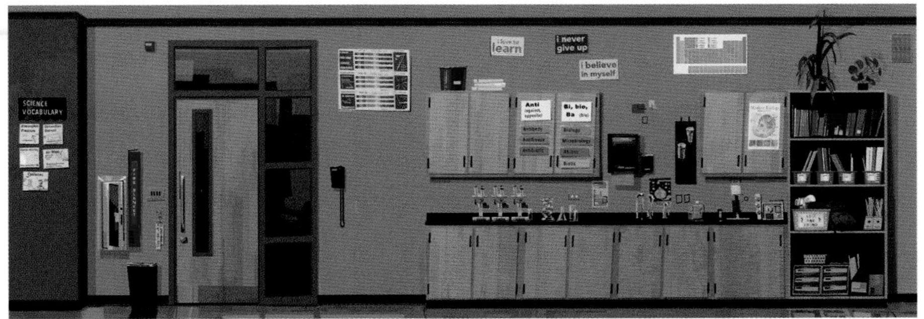

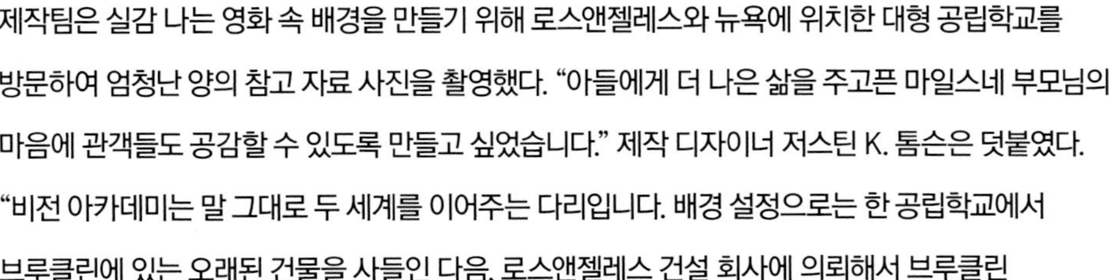

제작팀은 실감 나는 영화 속 배경을 만들기 위해 로스앤젤레스와 뉴욕에 위치한 대형 공립학교를 방문하여 엄청난 양의 참고 자료 사진을 촬영했다. "아들에게 더 나은 삶을 주고픈 마일스네 부모님의 마음에 관객들도 공감할 수 있도록 만들고 싶었습니다." 제작 디자이너 저스틴 K. 톰슨은 덧붙였다. "비전 아카데미는 말 그대로 두 세계를 이어주는 다리입니다. 배경 설정으로는 한 공립학교에서 브루클린에 있는 오래된 건물을 사들인 다음, 로스앤젤레스 건설 회사에 의뢰해서 브루클린 특유의 옛 정취는 어느 정도 남겨두면서 완전히 현대적으로 리모델링 했다는 스토리를 상상해두고 있었습니다. 한 장소에 과거, 현재, 그리고 미래가 공존하는 셈이죠. 정말 무한한 기회를 제공하여 학생들에게 밝은 미래를 보장해주는 곳입니다. 마일스도 결국 긍정적으로 받아들이게 되는 장소고요."

위 건물의 초기 콘셉트 – 토니 이아니로

"우리의 히어로는 이런 경이로움을 품고 있는 어린 소년입니다. 이 작품은 자신을 세상의 틀에 맞추려고 하거나 천재가 되려 하는 슈퍼 히어로 이야기가 아닙니다. 그저 평범한 소년이 되고 싶어 하는 소심한 어린 영웅의 이야기죠."

제작자, 아비 아라드

현재 페이지 콘셉트 아트 - 로브 루펠, 바스티엔 그리벳, 제시카 로시어

DEATH
WATER
DECEMBER 17
28

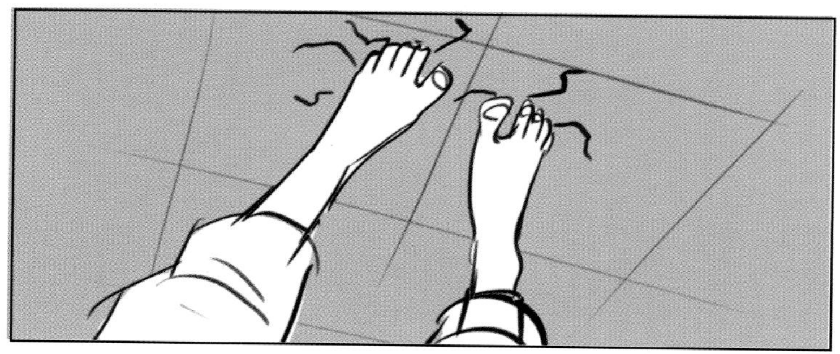

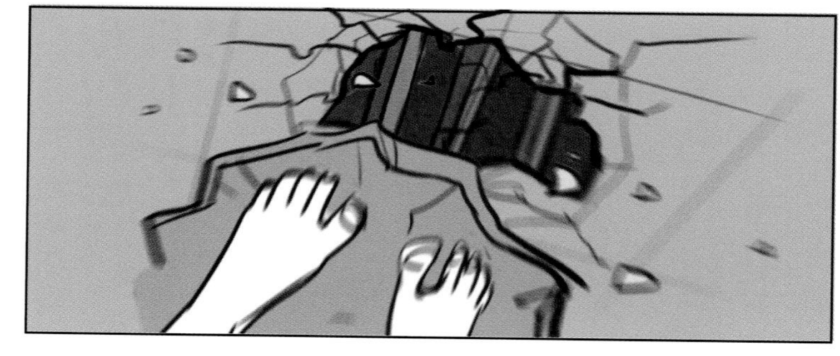

28

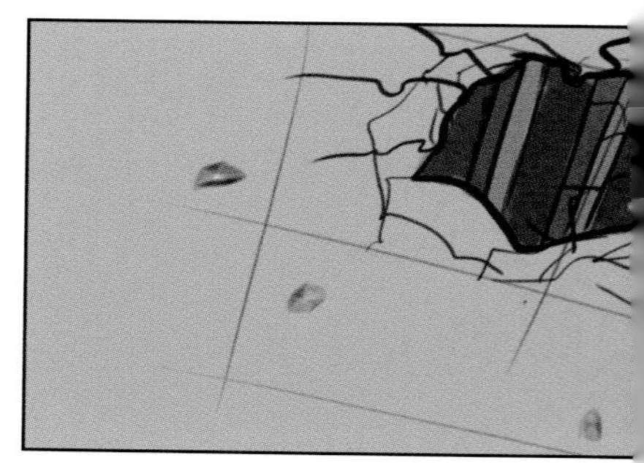

VISIONS
BVA

WATER
DECEMBER 17

WATER
ALT
DECEMBER 17
28

WATER
ALT
DECEMBER 17
28

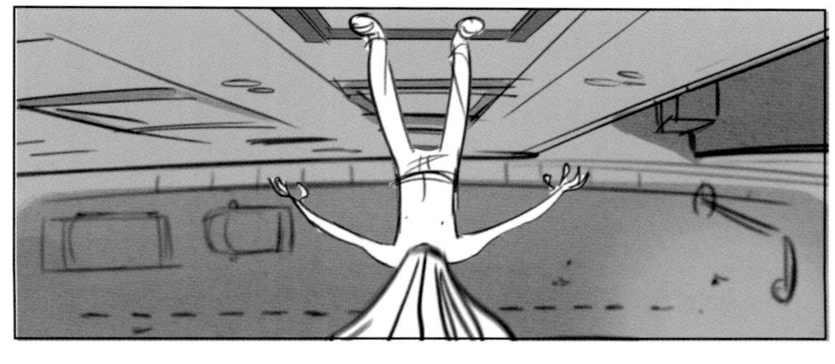

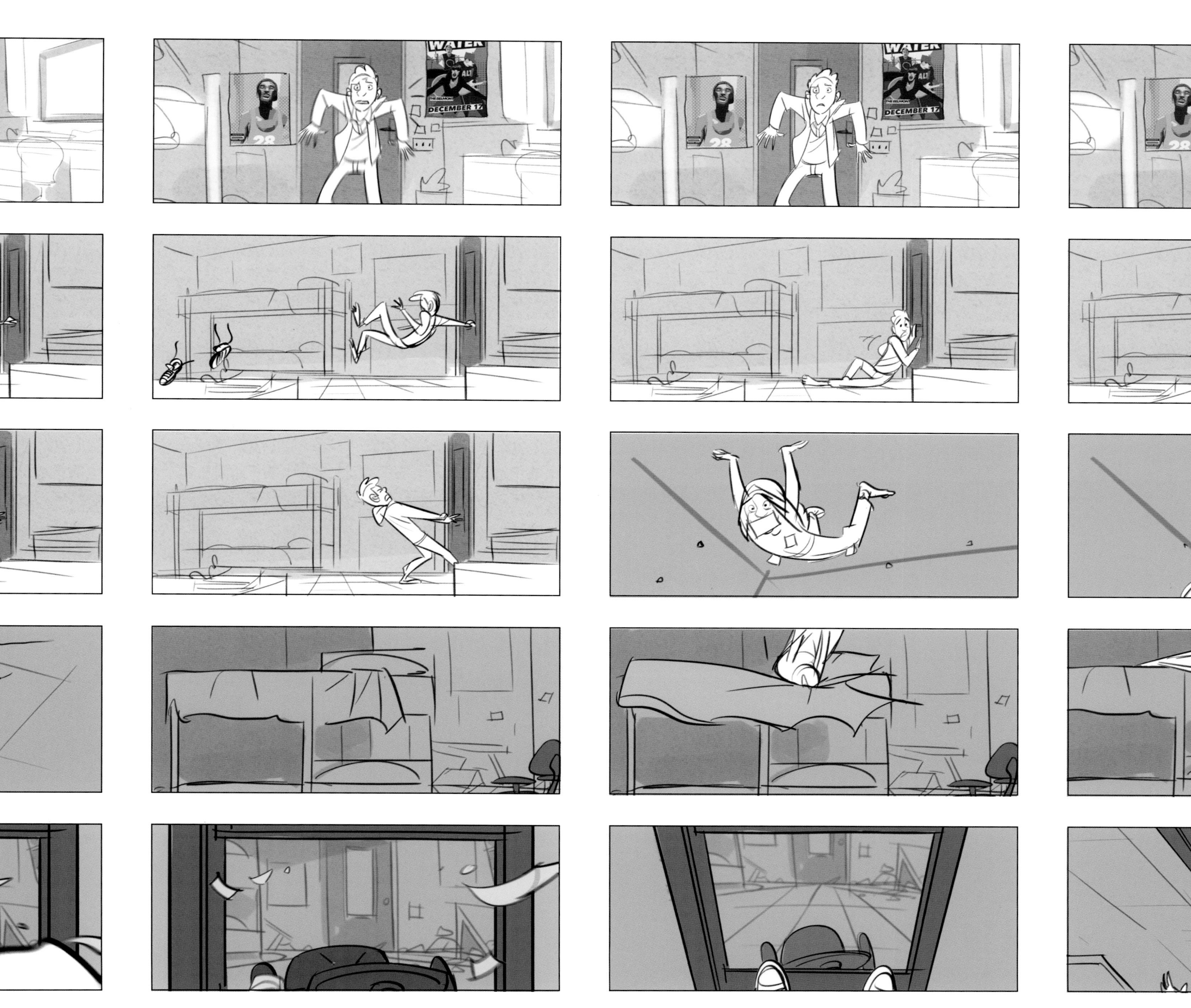
WATER
DECEMBER 17
28

AMAZING
FANTASY

마일스는 자신에게 초인적인 능력이 생겼다는 걸 깨닫는 과정에서 스파이더맨의 기원에 대해 자세히 다룬 만화책을 보게 된다. 영화 제작자들은 이 시점이야말로 이번 영화를 위해 특별히 제작한 만화책을 등장시키면서 원작 만화책에 경의를 표할 수 있는 완벽한 기회라고 생각했다. 이런 비전을 실현하기 위해, 제작 디자이너 저스틴 K. 톰슨은 소니 픽처스 애니메이션의 베테랑 아티스트인 마르셀로 비그날리에게 스파이더맨 원작 만화에 경의를 표시할 만한 만화 몇 페이지 정도를 그려달라고 부탁했다.

"저스틴이 저한테 이런 과제를 의뢰하자 정말 신났었습니다." 비그날리는 말했다. 그는 이미 〈몬스터

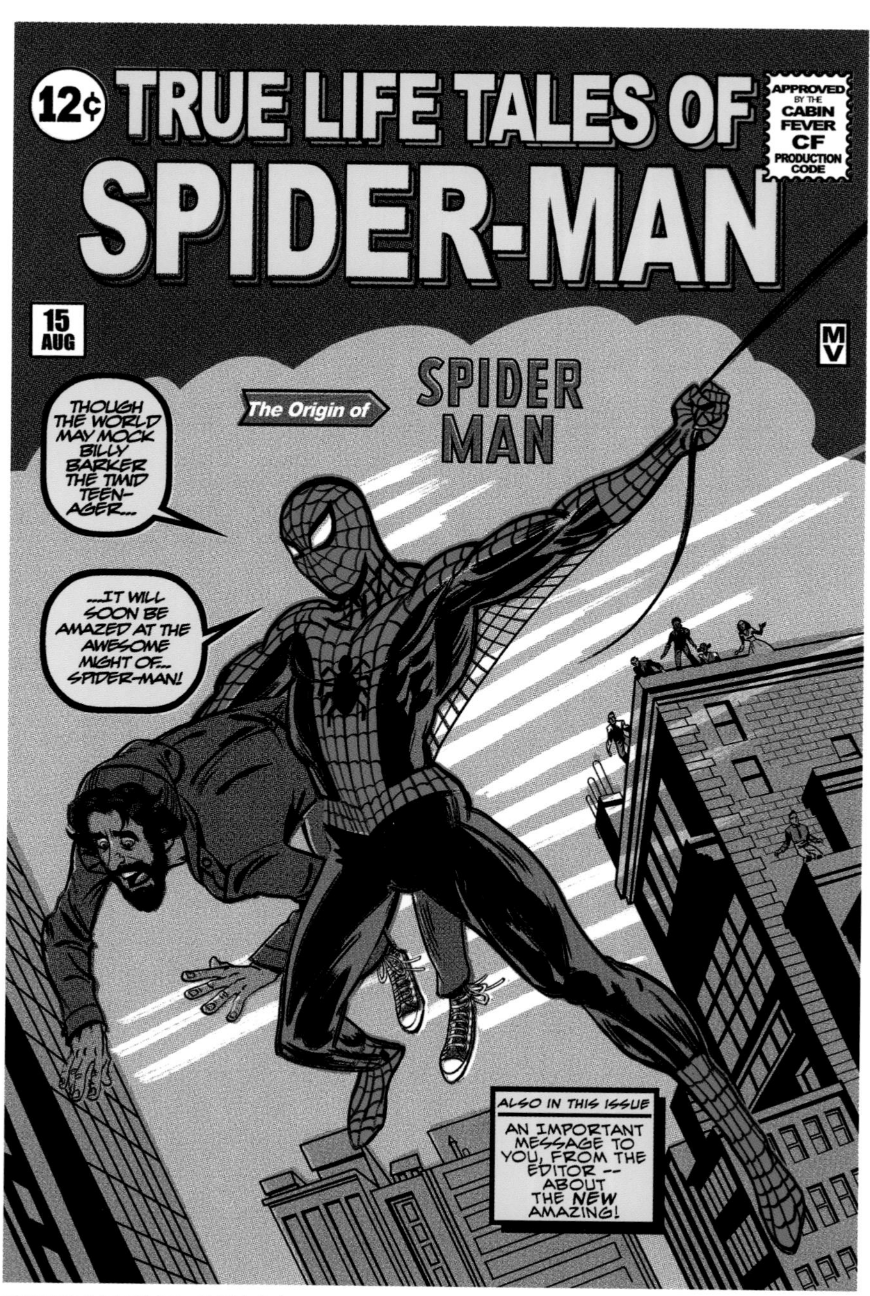

접힌 페이지 스토리보드 – 라이언 새버스
접힌 페이지 라이팅 키 – 웬델 댈릿
현재 두 페이지 직접 잉크와 손으로 그린 만화책 페이지 – 마르셀로 비그날리

호텔〉의 제작 디자이너이자 〈서핑 업〉과 〈스머프: 비밀의 숲〉의 아트 감독의 경력을 가진 아티스트다. "이 영화 프로젝트는 정말 비밀스럽게 진행되었기 때문에, 저는 같은 제작사에서 근무하면서도 삽화나 캐릭터 디자인을 단 하나도 보지 못했습니다. 유일하게 볼 수 있었던 건 예고편뿐이었는데 정말 모두가 좋아했었죠."

비그날리는 맨 처음으로 애니메이션화 되었던 〈스파이더맨〉 TV 시리즈(1967~1970)의 광팬이기도 하며, 이런 과제를 맡게 된 사실에 크게 흥분했다고 말했다. "제작팀 측에서는 현대적인 느낌의 만화를 원하지 않았기 때문에 우리는 스티브 딧코 스타일의 고전적인 버전으로 회귀했습니다." 그는 강조했다. "저는 딧코가 창조해냈던 변함없는 스타일에 정말 경탄을 느꼈죠. 하지만 그런 초창기 작품들에서는 스파이더맨의 기원에 대해 자세히 다루지는 않았습니다. 피터 파커를 그린 만화가 별로 없었기 때문에 딱히 참고할 만한 것도 없었죠. 그래서 스파이더맨의 기원에 대해 더 자세하게 다룬 존 로미타 시니어의 작품들도 참고했습니다."

비그날리의 작품은 고전 만화 특유의 느낌을 굵은 도트의 화면 효과로 재현해내면서, 〈스파이더맨: 뉴 유니버스〉의 작품 시점으로부터 20년 전에 피터 파커가 능력을 얻은 과정을 보여준다. 비그날리는 골든 에이지 만화 일러스트레이션의 팬으로서, 자신의 옛 거장들과 똑같은 방식으로 만화책을 직접 그릴 수 있었다는 점이 너무나 즐거웠다고 말했다. "큰 화면을 가득 채울 수 있는 큰 이미지라면 컴퓨터로 작업하는 게 더 쉽죠. 하지만 그 결과물은 이번 작업에 잘 어울려 보이지 않았습니다. 그래서 작화가 끝난 후에는 옛 만화 잡지와 같은 느낌을 그대로 내기 위해 먼저 평판 인쇄의 효과를 모사한 다음 영화 속에 디지털로 옮겨야 했습니다."

마일스의 룸메이트인 강케는 마일스와 정반대로 비전 아카데미를 정말 행복하게 다니고 있다. 그는 이 학교에서 제공하는 온갖 교육의 기회들을 모두 섭렵하려 한다. 원래 강케는 영화 속에서 더 큰 역할을 맡을 예정이었지만, 영화 제작자들은 강케가 앞으로 제작하게 될 마일스 모랄레스의 속편 영화에서 활약하도록 스토리를 짜기로 결정했다. “강케는 비전 아카데미에서 가장 재능 있는 학생 중 하나입니다.” 저스틴 K. 톰슨은 말했다. “영화 속에서는 밤새 양자 얽힘 논문을 쓰는 모습을 보여주죠. 너무나 집중력이 강한 나머지 자기 룸메이트가 무슨 일에 휘말렸는지도 전혀 모르는 것처럼 보여요.”

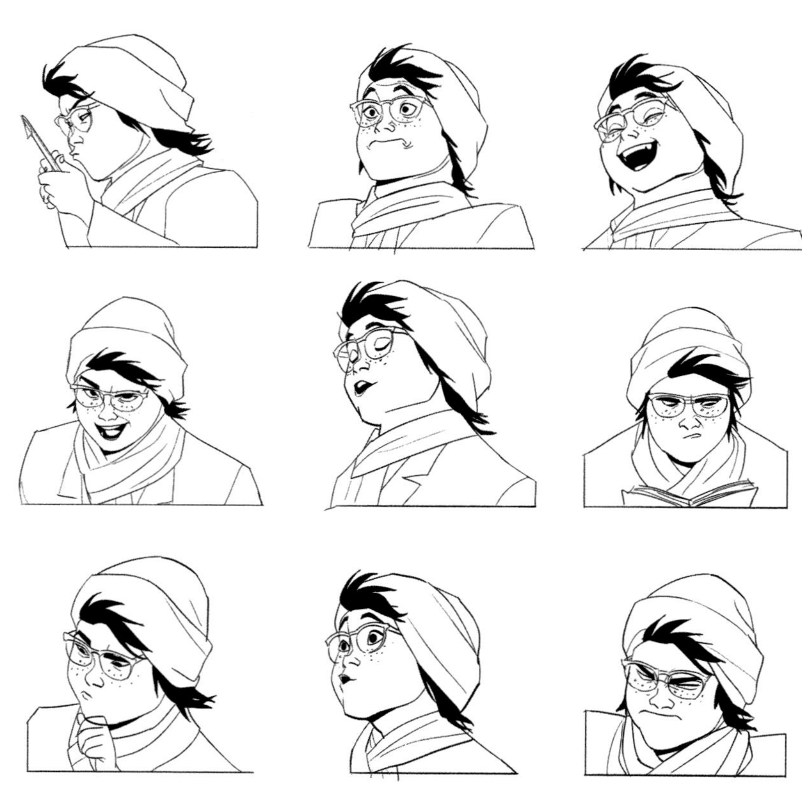

64쪽 최종 캐릭터 삽화 삽화 – 웬델 댈릿, 스케치 – 김시윤, 스토리 아트 – 폴 웨이틀링
현재 페이지 초기 콘셉트 스케치 – 세이 라이온데트, 짐 마푸드, 헤수스 알론소 이글레시아스

강케는 100% 이상의 목표 달성을 노리는 성격이며 이런 모습은 자기가 딱히 무엇을 이루고 싶어 하는지도 알지 못하는 마일스와 명확하게 대립된다. 또한 강케는 스파이더맨의 광팬이기도 하며 영화 마지막 장면에 가서는 자기 룸메이트의 정체에 대해 알게 된다. “두 사람의 우정이 이렇게 시작되는 거죠.” 톰슨은 덧붙였다.

아래와 맨 오른쪽 초기 캐릭터 연구 스케치 – 김시윤

위 영화 제작 초기, 강케가 작품 속 모험에 더 많이 관련되었던 장면의 스토리보드 – 리카르도 듀란테

SCHEDULE
Pre-Calc
2 Bio
English
Ceramics
DNA?
AMAZING SPIDER-MAN
AMAZING SPIDER-MAN

마일스는 주변에서 흔히 볼 수 있는 너저분한 성격의 십 대 청소년이며, 기숙사 방 역시 이런 성격과 대중문화에 대한 취향 등을 잘 드러낸다. “이 배경은 마일스의 내면을 처음으로 엿보여 줍니다.” 아티스트 유키 디머스는 말했다. “마일스의 방 역시 삼촌의 방이 가진 느낌을 구체적으로 보여줍니다. 어쨌든 마일스도 그 나이대의 아이들이 가질만한 문제를 똑같이 품고 있는 평범한 청소년이니까요. 또한 우리는 마일스의 방이 꽤나 어질러져 있다는 느낌을 주기 위해서 최선을 다했습니다!”

왼쪽 마일스 기숙사의 최종 삽화 – 유키 디머스
위 가게에서 산 스파이더맨 옷 삽화 – 패트릭 오키프

마일스, 스파이더맨을 만나다

마일스는 마치 토끼 구멍으로 떨어진 앨리스처럼 지하철 아래에 건설된 차원 이동기를 발견하게 된다. 지금껏 본 적 없는 이상한 나라에 들어간 것이다.

"마일스는 차원 이동기가 있는 현장을 발견하면서, 지하에 뻥 뚫린 채 버려져 있던 이 거대한 지하철 조차장에서 그린 고블린과 원조 스파이더맨이 싸움을 벌이고 있는 광경을 보게 됩니다."

제작 디자이너 저스틴 K. 톰슨이 설명했다. "영화 제작자들은 차원 이동기의 엔지니어들이 이렇게 지하에 버려진 교통 시설의 설비와 잔해들을 이용한 것이라고 배경 이야기를 상상해두고 있었습니다. 마일스는 그저 거대한 그린 고블린의 공격에 휘말리는 것을 피하려다가 이곳에 떨어지고 맙니다. 우리는 마일스가 두 사람이 벌이는 싸움에서 몸을 숨길만 한 장애물들을 다양하게 배치해뒀죠."

아래 마일스가 스파이더맨을 처음으로 만난 곳 - 잭 레츠

위 삽화 – 잭 레츠
아래 지하철 터널의 콘셉트 아트 – 크레이그 멀린스

위와 오른쪽 스파이더 센스 콘셉트 아트 – 딘 고든 아래 콘셉트 – 잭 레츠

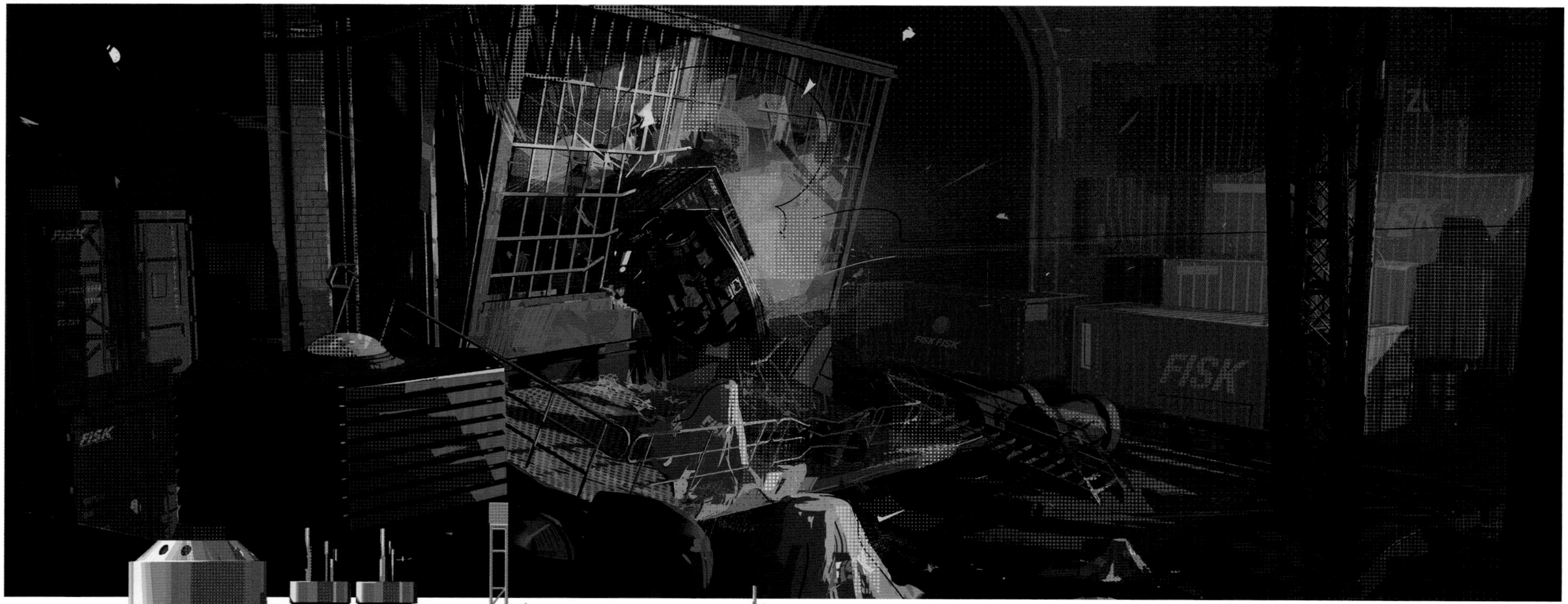

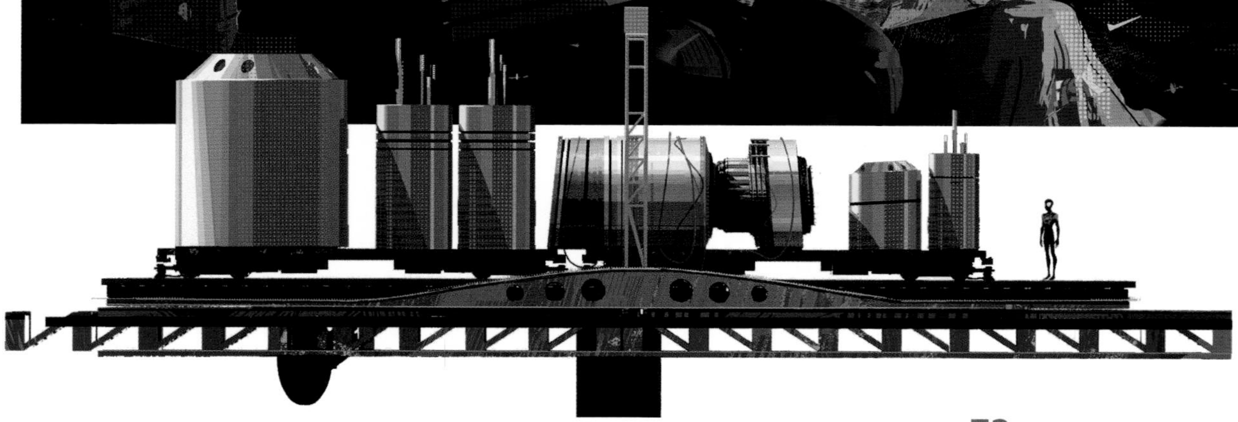

위 조차장 콘셉트 - 바스티엔 그리벳과 제시카 로시어

위 삽화 – 패트릭 오키프

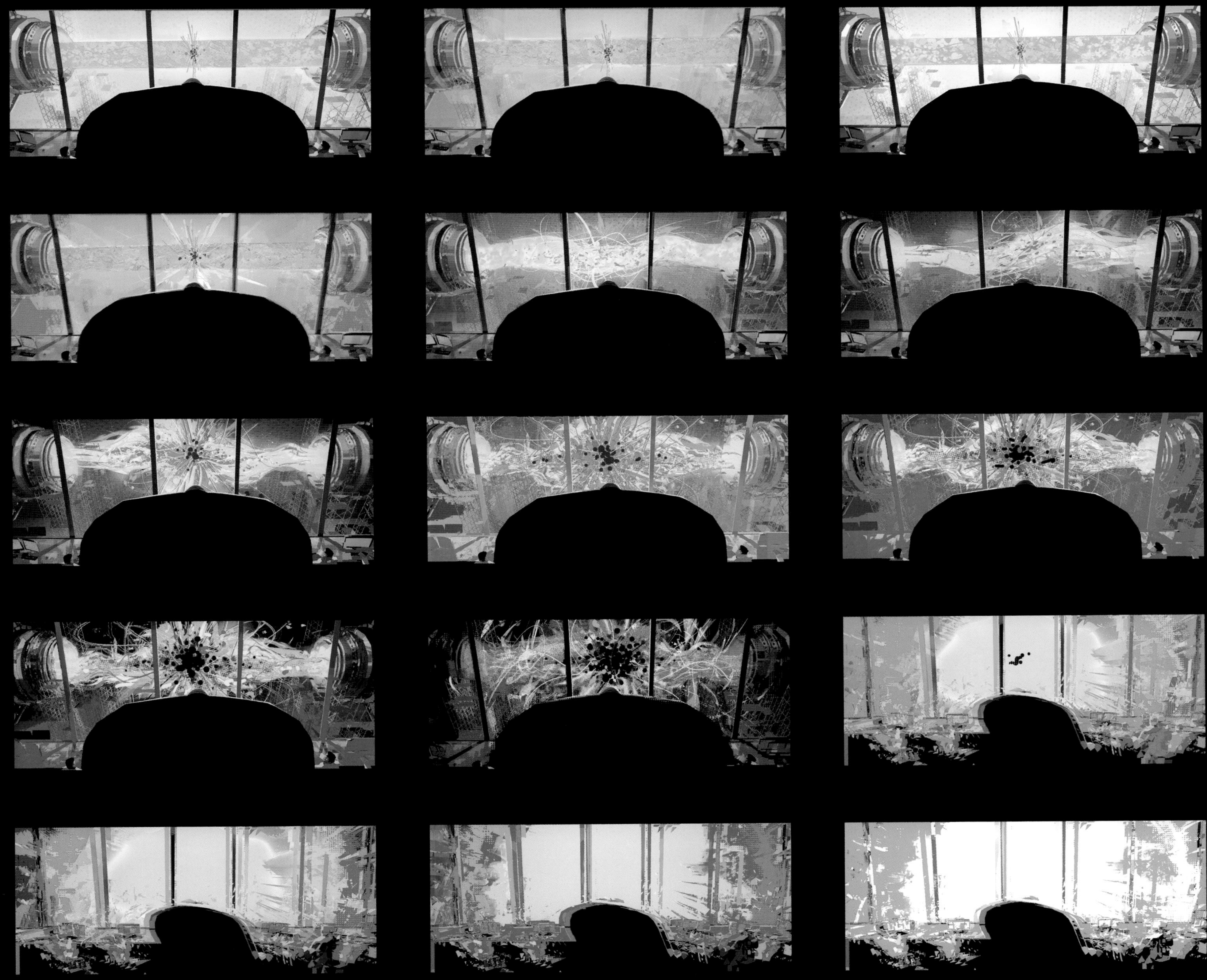

위 차원 이동기의 작동 단계별 장면. 삽화 – 잭 레츠

마일스는 자신이 탈출구를 향해 달려나간다고 생각했지만 오히려 이상한 나라로 더 깊숙이 빠져들고 만다. 그는 방향을 잘못 잡고 도망치는 바람에 지하 깊숙한 곳에 숨겨져 있던 차원 이동기에 떨어진다. 아틀라스 룸은 차원 이동기를 조종하는 주요 통제실이다. 브라이언 마이클 벤디스의 원작 만화책에서 등장했던 차원 이동기는 손에 들고 다닐 수 있을 만큼 작은 장치였지만, 영화 제작자들에게는 영화에 어울릴 만큼 극적인 장치가 필요했다. "만화책에서 등장했던 차원 이동기는 독자들에게 멀티버스, 즉 다중우주를 소개해 주었지만 우리는 이 차원 이동기를 훨씬 더 크게 키우고 싶었어요. 그래서 세계 최대, 최강의 입자 충돌기인 제네바의 대형 강입자 충돌기를 자세히 관찰했죠(이 설비는 지하 172m에 위치해 있으며 총 길이 27km짜리 터널까지 갖춰진 규모를 자랑한다!). 하지만 그러면서도 좀 더 상상과 마법의 산물처럼 만들어야 한단 점도 알고 있었죠." 디자이너들은 현실에 존재하는 입자 충돌기의 생김새를 적극 활용하고 싶어 했다. "현실 속 입자 충돌기의 표면이 반사성 높은 재질로 덮여 있다는 점으로부터 상당히 깊은 감명을 받았습니다." 톰슨은 강조했다. "그래서 마치 만화경과 같은 색상의 배합을 원했죠. 밝고 강렬한 청, 황, 적색의 원색들이 마치 거울과 같은 금과 크롬 재질의 표면에 반사되는 겁니다. 이런 표면 하나하나에 마일스, 피터 파커, 그리고 그린 고블린이 비치면서 마치 멀티버스 그 자체를 상징하는 듯한 장면이 나오자 예상보다 더 만족스러웠죠."

77쪽 콘셉트 삽화 – 패트릭 오키프
78~79쪽 삽화 – 패트릭 오키프

ZAP

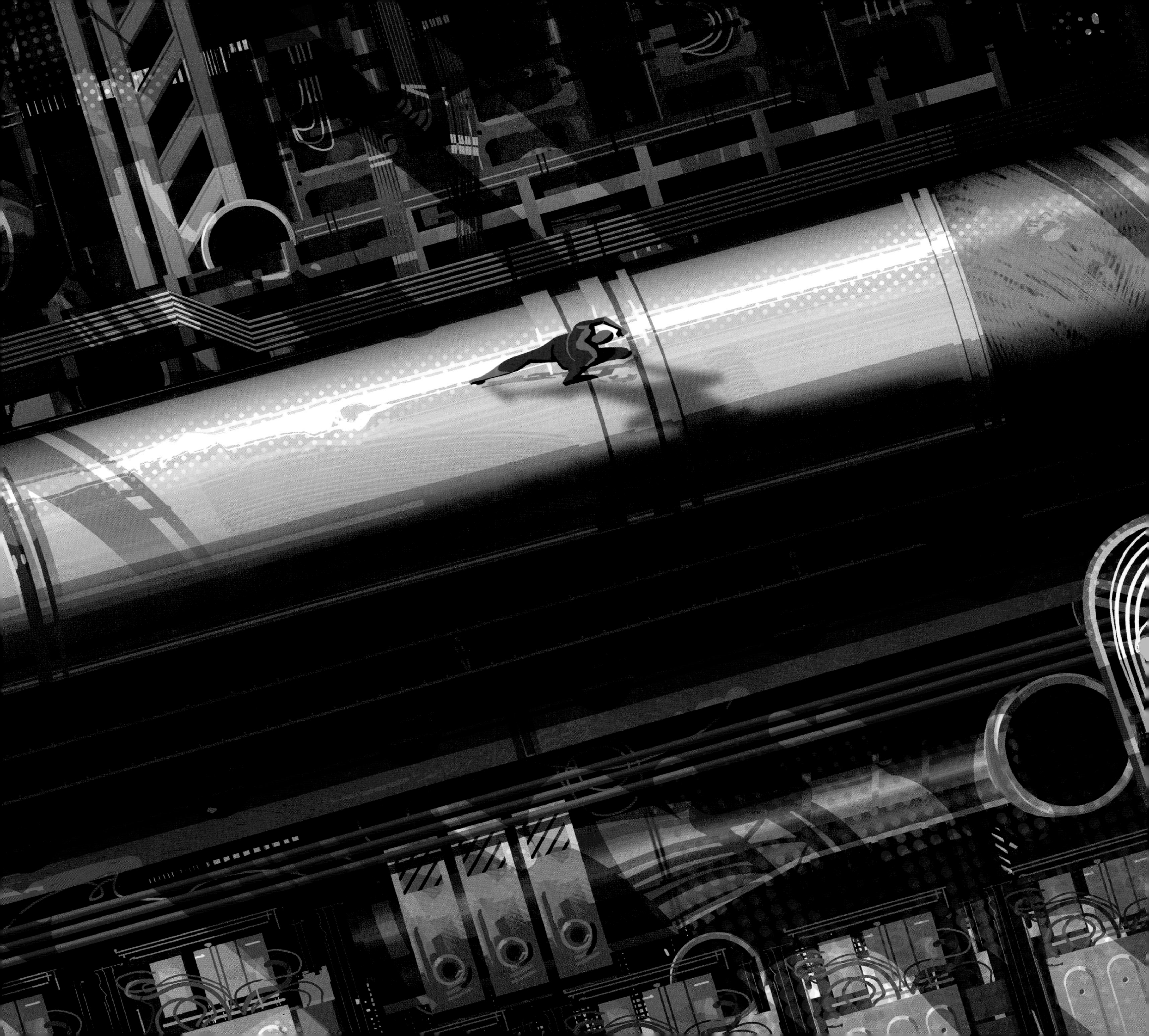

대다수의 독자들의 생각에 스파이더맨의 진정한 적수라고 여겨지는 강력한 악당인 그린 고블린은 관객들이 영화 속에서 가장 처음으로 만나게 되는 빌런 중 한 명이다. 그린 고블린은 지금껏 만화책 속에서 수많은 모습들로 변주되어 등장한 적이 있으며, 이번 영화에서는 마일스가 한창 헤매다가 차원 이동기가 있던 거대한 공간으로 가자 그곳에서 피터 파커, 즉 스파이더맨과 한창 싸우고 있는 장면으로 첫 등장 한다. 브라이언 마이클 벤디스와 새라 피첼리가 그린 원작 마일스 모랄레스의 스파이더맨 만화책 속의 그린 고블린은 정장을 입은 권력자라기보다 괴물 쪽에 더 가깝다.

"장편 애니메이션 장르에서는 정말 현실성의 한계를 마음껏 다룰 수 있습니다." 제작 디자이너 저스틴 K. 톰슨은 말했다. "그린 고블린은 이 영화에서 큰 비중을 차지하진 않았지만 그래도 키가 6.6m에 달하는 덩치라면 강렬한 인상을 남길 수 있을 것이라 생각했습니다."

그는 덧붙였다. "우리는 앤드류 가필드가 리자드와 싸우는 장면도 한 번 봤고, 그래서 스파이더맨이 마치 고질라 같은 거대 괴수와 싸우는 게 정말 멋질 거라고 생각했어요. 그린 고블린은 이 장면에만 등장한 다음 폭발에 휘말려 퇴장하기 때문에 영화 제작자들은 등장 분량 동안 최대한 많은 재미를 주고자 했어요. 마치 〈쥬라기 공원〉의 티라노 사우르스처럼 등장시키고 싶어 했죠. 관객들의 눈에 그린 고블린의 윤곽선이 점점 가까이 다가오는 게 보이더니 곧 거대한 체구가 모두를 압도하는 거죠. 마일스도 이 모습을 보고 깜짝 놀라며 한창 스파이더맨과 싸우고 있던 그린 고블린에게 짓밟히지 않는 데만 급급합니다. 이 장면은 그린 고블린을 거대 괴물로 만들었단 걸 최대한 활용한 멋진 장면이에요."

위 스토리 아트 – 피터 램지 아래 왼쪽 및 중앙 그린 고블린의 배색 콘셉트 – 헤수스 알론소 이글레시아스
아래 오른쪽 콘셉트 아트 – 알베르토 미엘고

: 2D 디자인 – 김시윤, 삽화 – 웬델 댈릿

위 눈이 내리면서 우울한 분위기가 연출된 영웅의 장례식 삽화 – 로브 루펠 아래 삽화 – 바스티엔 그리벳과 제시카 로시어

위 스토리 아트 – 마크 애클랜드 아래 장례식 장면의 라이팅 키 – 로브 루펠과 홍선아

이번 영화에서는 피터 파커의 연인이자 (가끔은) 아내인 메리 제인 왓슨도 모습을 드러낸다. 1965년에 처음 등장한 이 캐릭터는 이번 영화에서 큰 역할을 맡지 않으나, 영화 제작자들은 그녀의 등장을 보고 팬들이 즐거워할 것이라고 생각했다. "메리 제인은 스파이더맨의 세계에서 정말로 중요한 캐릭터이지만, 이번 영화에서는 아주 적게 등장합니다." 저스틴 K. 톰슨은 말했다. "그래서 저는 누구나 메리 제인을 보자마자 곧바로 그녀란 걸 알아차릴 수 있도록 자신의 대표적이고 상징적인 외모로 나오길 바랐습니다. 메리 제인은 아름다운 용모와 유명한 삐죽빼죽한 갈라진 앞머리에 강렬한 붉은 머리를 겸비하고 나옵니다. 피터 파커가 그녀를 보자마자 바로 메리 제인이란 사실을 알아본 것처럼 관객 여러분도 곧장 알아볼 수 있을 것입니다."

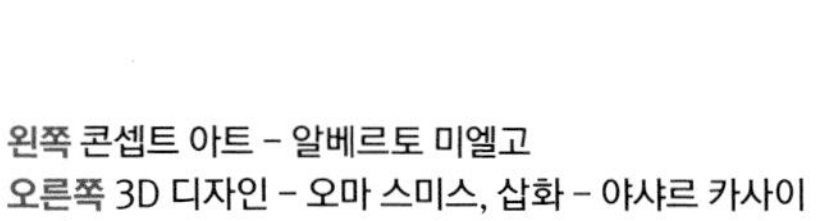

왼쪽 콘셉트 아트 – 알베르토 미엘고
오른쪽 3D 디자인 – 오마 스미스, 삽화 – 야샤르 카사이

차원 이동기를 타고 마일스 모랄레스의 세계로 넘어온 스파이더맨은 마일스와 기존 스파이더맨의 팬들 모두에게 전혀 익숙하지 않은 인물이다. 이 30대 스파이더맨(제이크 존슨이 성우를 맡았다)는 꽤나 닳고 닳은데다 몸도 최상의 상태가 아니고, 코스타리카쯤에서의 안락한 은퇴 생활을 꿈꾸는 인물이다.

"이 스파이더맨은 슈퍼 히어로답게 근육질의 몸을 갖고 있긴 하지만 똥배도 좀 나왔습니다." 캐릭터 디자이너 김시윤은 말했다. "수십 년에 걸쳐서 범죄와 맞서 싸운 흔적이 여실히 드러나죠. 코도 옆으로 살짝 비뚤어졌어요… 저는 이게 오랫동안 스파이더맨을 따랐던 팬들에게 일종의 유대감을 심어줄 만한 훌륭한 방법이라 생각했습니다. 마치 원조 스파이더맨 같은 데다 매력적인 느낌이 들죠."

피터 램지 감독은 이 나이 든 스파이더맨이 슈퍼 히어로 활동을 하며 상당히 큰 대가를 치렀다는 점도 꽤 흥미로웠다고 했다. "그는 정말 많은 것을 잃으면서 그간 자신이 해 왔던 일들이 과연 가치가 있기는 했는가, 하는 의문을 품기 시작했습니다." 그는 말했다. "그러다가 막 스파이더맨으로서의 삶을 시작하려는 꼬마인 마일스를 돕는 과정에서 자신의 신념도 되찾게 되죠. 꽤나 복잡하면서도 강렬한 스토리입니다."

제작 디자이너인 저스틴 K. 톰슨 역시 같은 생각이었다. "피터는 별로 내키지 않지만 마일스에게 영화 〈가라테 키드〉에 나왔던 스승, '미스터 미야기'와 같은 역할이 되어주면서 이런저런 것들을 가르쳐주기로 동의합니다. 하지만 그 자신은 더 이상 스스로의 가치를 증명할 필요가 없죠. 마치 경력의 끝에 다다른 르브론 제임스(NBA 유명 농구선수)와 같습니다. 관객들은 이미 그가 최고란 걸 다 알고 있으니까요."

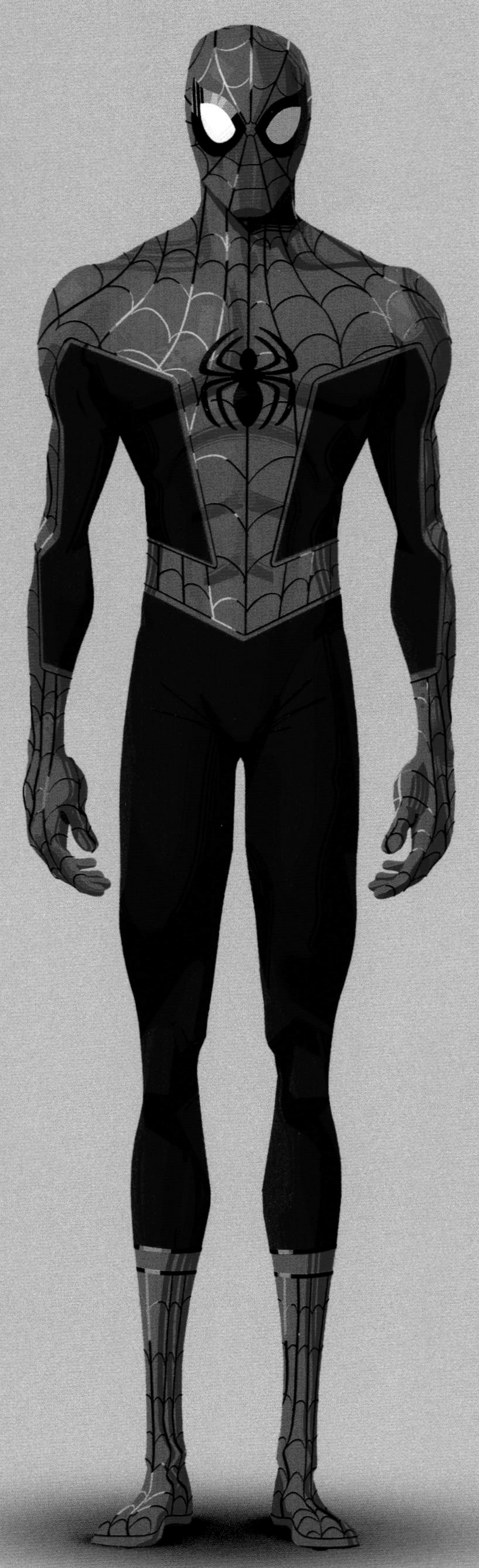

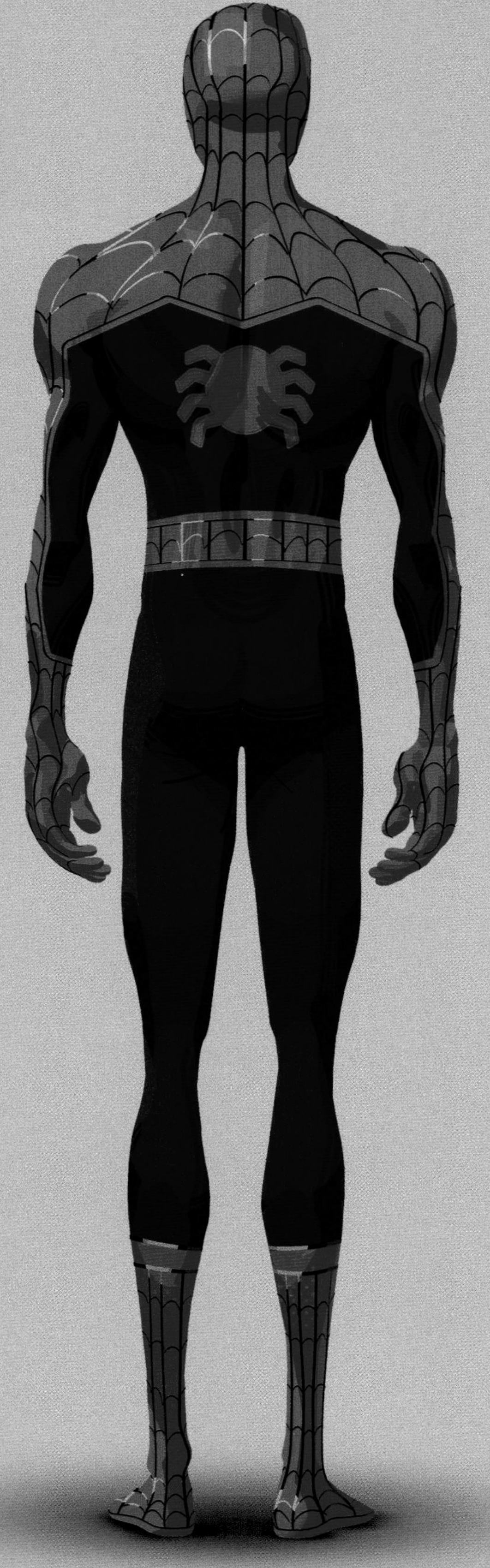

오른쪽 최종 캐릭터 삽화 삽화 – 아샤르 카사이
87쪽 콘셉트 스케치 – 저스틴 K. 톰슨과 헤수스 알론소 이글레시아스

위 스케치 – 김시윤
89쪽 맨 위 스케치 – 김시윤
아래 왼쪽 최종 삽화: 2D 디자인 – 김시윤, 3D 디자인 – 오마 스미스, 삽화 – 로브 루펠
아래 오른쪽 삽화: 2D 디자인 – 김시윤, 3D 디자인 – 오마 스미스, 삽화 – 웬델 댈릿

“정말 엄청난 팬들이 좋아하는 소재를 갖고 작업을 하게 되다니, 우리 모두는 행운아였습니다. 바로 그렇기에 여름이나 겨울 시즌 블록버스터에서 으레 기대할 만한 영화와는 꽤 다른 모습으로 영화를 만드는 모험을 할 수 있었죠.”

감독, 밥 퍼시체티

현재 페이지 콘셉트 아트 – 헤수스 알론소 이글레시아스
91~93쪽 삽화 – 알베르토 미엘고

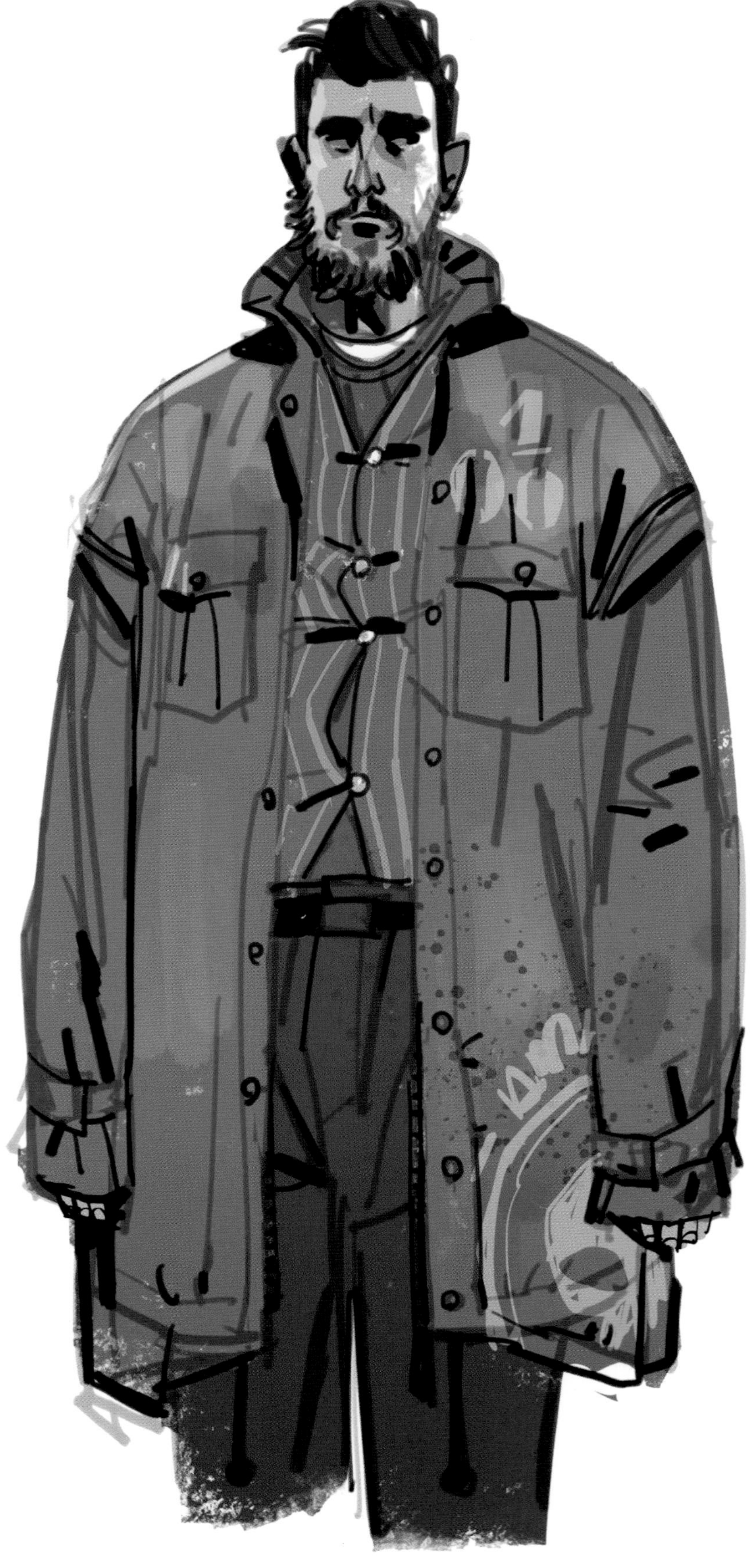

NO
WHY NO?
OUTA

도시 밖으로

차분하고 사색적인 분위기를 풍기는 알케맥스 연구실은 옥타비우스 박사가 충격적인 정체를 드러내는 현장이다. 아트팀은 이처럼 중요한 장소를 디자인하기 위해, 파사디나의 제트 추진 연구소나 NASA의 다양한 시설처럼 실제로 존재하는 연구소들로부터 많은 영감을 얻었다. "저는 정체를 숨기고 있던 옥타비우스 박사의 캐릭터처럼, 이 장소 역시 악독한 의도를 속으로 숨긴 채 겉으로는 현대적인 이타주의의 중심지처럼 보이길 바랐습니다." 시각 개발 아티스트인 패트릭 오키프는 말했다. "저는 닥터 옥토퍼스의 연구가 지닌 멀티버스라는 주제를 드러내기 위해 이 장소를 디자인하면서 높은 반사성을 가진 재질을 사용했습니다. 주요 연구실은 우리의 캐릭터들을 위한 최첨단 기술의 놀이터처럼 디자인되었죠."

94~97쪽 **닥터 옥토퍼스의 연구실 삽화 – 패트릭 오키프**

제작 디자이너 저스틴 K. 톰슨은 이 연구실을 '차갑고 삭막하다'고 묘사했다. "SF 영화들에서는 대개 엄청나게 발전한 기술을 보여주기 마련이지만, 우리는 그러면서도 현실감도 느껴지도록 만들고 싶었습니다." 그는 말했다. "관객들은 이 장소에서 과학자들이 실제로 작업을 한다고 믿을 수 있어야 합니다. 우리는 스파이더맨과 마일스가 들르게 될 연구실 배경의 표면을 반사성이 매우 높게 표현하고 싶었습니다. 이른바 '거울의 전당(Hall of Mirrors, 컴퓨터 그래픽에서 똑같은 이미지가 반복 출력되는 오류)' 같은 효과죠. 또한 이 공간에서는 녹색 계통의 배색도 나타나는데, 이번 영화에서는 녹색을 악, 불편, 그리고 불안 등을 상징하는 색으로 선정했기 때문입니다. 관객들에게 뭔가 안 좋은 일이 생길 거라고 은연중에 암시하는 장치였죠."

"영화 속 특정 시점에서 관객 여러분은 이 전형적인 스파이더맨 영화를 사건 현장의 주변에서 지켜보는 셈이 됩니다. 이처럼 90m 가량 떨어진 시점에서 모든 전개를 바라본다는 건 꽤나 참신하고 굉장합니다."

총괄 제작자, 크리스 밀러

위와 오른쪽 닥터 옥토퍼스 연구실의 스타일 연구 콘셉트 아트 – 로브 루펠
100~101쪽 삽화 – 패트릭 오키프

SG.5
141.780.788.01.011.01
SG.4
SG.3
RG.7
RG.2

닥터 옥토퍼스는 전형적인 '광기 어린 과학자' 캐릭터로, 1963년 7월 〈어메이징 스파이더맨〉 만화책에서 처음 등장했다. 스파이더맨 실사 영화 시리즈의 팬들이라면 2004년작 〈스파이더맨2〉에서 알프레드 몰리나가 연기했던 닥터 옥토퍼스를 기억할 것이다. 하지만 이번 작품에서 등장하는 닥터 옥토퍼스는 완전히 새롭고 참신한 모습을 보여준다. 엄청난 지성과 야망을 겸비한 채 과학의 가능성에만 집착하는 여성으로 등장하기 때문이다.

캐릭터 디자이너 김시윤은 크리스 밀러와 필 로드가 처음부터 닥터 옥토퍼스를 그저 평범한 과학자처럼 보이도록 원했다고 말했다. 제작팀은 스위스의 대형 강입자 충돌기 시설에서 일하는 물리학자들을 그린 명작 다큐멘터리, 〈파티클 피버〉를 참고했다. "두 사람은 연구에 너무나 열정을 쏟은 나머지 윤리마저도 잠시 밀어둔 과학자들의 모습을 실감 나게 전달하고 싶어 했어요." 김시윤은 말했다. "실제 과학자들을 보면서 이와 똑같은 모습을 재현하라고 했죠."

제작 디자이너 저스틴 K. 톰슨도 덧붙였다. "실제 실험적 단계에 있는 첨단 과학들을 보면 초기 프로토타입의 대부분은 그다지 멋지지 않다는 것을 알게 됩니다. 멋진 플라스틱 케이스로 덮여있지도 않고, 아이팟처럼 생기지도 않았죠. 우리는 닥터 옥토퍼스의 공간이 차갑고, 삭막하고, 실용적이고, 실험적인 모습을 하고 있어서 장편 애니메이션치고 꽤나 으스스한 분위기를 주도록 만들고 싶었습니다."

톰슨과 시각 개발 아티스트들은 마치 세포막처럼 수축 및 팽창할 수 있는 반투명 합성 실리콘

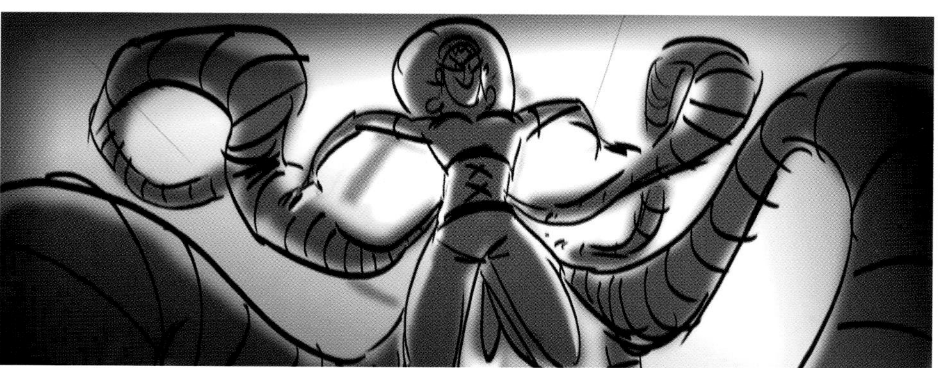

소재를 활용하여 닥터 옥토퍼스의 촉수들을 새롭게 구현해냈다. "닥터 옥토퍼스에게 매끈하거나 노출이 있는 의상을 입히고 싶지는 않았습니다. 오히려 관객들이 꽤나 불편함을 느낄 정도로 다듬어지지 않은 외모로 만들고 싶었습니다. 그녀의 의상은 제대로 마무리조차 되지 않은 듯한 느낌을 줍니다." 제작 디자이너는 말했다. "닥터 옥토퍼스는 오직 멀티버스에만 정신이 쏠려있기 때문에 자신의 외모가 얼마나 해괴하든 전혀 신경을 쓰지 않습니다. 머리도 보라색이 강조된 흐트러진 스타일을 하고 있죠. 그리고 저는 그녀의 유기체처럼 흐느적거리는 촉수가 스파이더맨의 얼굴을 문지르는 장면을 보면서 관객들이 질겁하길 바랐습니다. 닥터 옥토퍼스는 오싹하고 겁나는 데다, 스파이더맨처럼 쫄쫄이 하나 걸친 남성과는 완전히 대조되는 모습을 하고 있죠."

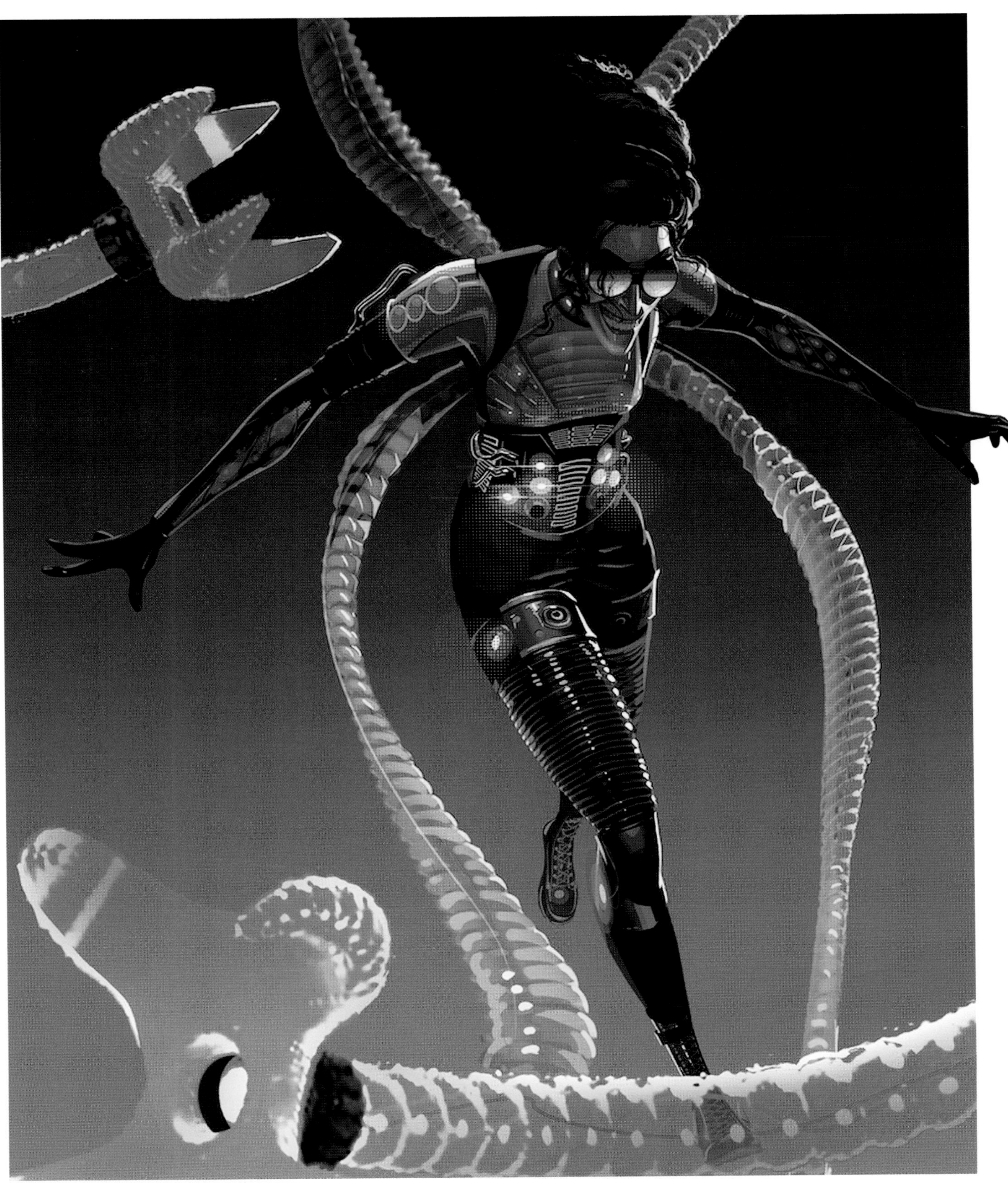

102쪽 스토리 아트 – 에바 브루시, 콘셉트 아트 – 헤수스 알론소 이글레시아스
현재 페이지 2D 디자인 – 김시윤, 3D 디자인 – 오마 스미스, 삽화 – 웬델 댈릿

영화 제작팀은 스파이더맨에게 새로운 경험을 주고, 또 참신하고 새로운 배경에 그를 데려다 놓으려 했다. 관객들은 이미 마천루 사이를 날아다니고 지하철 위를 뛰어다니는 피터 파커의 모습을 익히 보았으니 이번 신작에서는 마일스와 피터를 뉴욕 교외의 허드슨 밸리로 데려갔다. 이 새로운 장소는 아주 아름다운 데다 가을이 되면 주황색과 빨간색의 단풍이 예쁘게 드는 곳이다. "필과 크리스는 스파이더맨을 자연스럽게 도시 바깥으로 내보낼 방법을 찾았습니다." 저스틴 K. 톰슨은 회상했다.

"우리는 스파이더맨이 숲속에서 거미줄을 타고 날아다니는 걸 보고 싶었기에 허드슨 밸리의 계곡 사이에 위치한 아름다운 최첨단 연구소로 스파이더맨을 데려갔죠. 또한 스파이더 그웬이 관객들에게 처음으로 정체를 드러내는 장소도 바로 이곳입니다."

104쪽 삽화 – 웬델 댈릿 현재 페이지 삽화 – 패트릭 오키프

아티스트 패트릭 오키프는 사실성을 최대한 유지하는 선에서 나무의 규모를 세 배 더 키우기로 결정했다고 설명했다. "영화 속 배경 작업의 대다수는 주변의 세상을 얼마나 압축해서 보여줄 것인지, 혹은 얼마나 현실로부터 동떨어질 것인지를 결정하는 것이었습니다." 그는 강조했다. "나뭇가지들 대부분이 서로 교차하고 있지 않고, 배경의 식물들 대부분이 붕 떠 있는 듯한 느낌을 줍니다. 저는 빌 워터슨이 '캘빈과 홉스'에서 그렸던 숲에서 상당한 영감을 얻었습니다. 다양한 형태와 묘사의 집합을 통해 숲 전체를 마치 하나의 삽화처럼 묘사했거든요."

현재 두 페이지 도시 밖으로 나가는 스파이더맨의 콘셉트 – 닐 로스와 마이크 윙켈만

명민한 지성과 극도로 발달된 신체 능력, 그리고 스파이더맨으로서의 끝내주는 활약까지 보여주는 스파이더 그웬은 이번 영화 속에서 가장 믿음직하고 유능하다는 평이 다수 나온 캐릭터다. "스파이더 그웬보다 더 멋진 캐릭터는 없죠." 소니 픽처스 애니메이션의 크리스틴 벨슨은 말했다. "끝내주는 대장부입니다. 이렇게 강력한 싸움꾼이면서도 코스튬은 꽤나 여성적인 면모를 보여주며, 그런 면모는 우아한 발레 토슈즈에서 정점을 찍습니다. 무술가와 발레리나의 혼합이라고나 할까요. 그웬의 몸놀림은 우아하지만 그녀와 시비를 트고 싶은 사람은 전혀 없을 것입니다. 그웬의 코스튬은 이처럼 우아함과 투지라는 이중성을 시사합니다."

108쪽 초기 콘셉트 – 김시윤
왼쪽 2D 디자인 – 김시윤, 3D 디자인 – 오마 스미스, 삽화 – 나빈 셀바나단
위와 아래 아트 – 김시윤과 저스틴 K. 톰슨

위 콘셉트 아트 디자인 – 조이 추 아래 얼굴 표정 연구 – 김시윤
111쪽 삽화 – 알베르토 미엘고

캐릭터 디자이너 김시윤은 그웬의 초기 스케치 과정을 떠올리며 설명했다. “그웬은 엄청나게 멋진 캐릭터고, 안드레아 블라시의 스케치를 기반으로 꽤 많은 조형 작업을 거친 후에 시각 개발 아티스트인 오마 스미스가 최종 디자인을 만들어냈습니다.” 김시윤은 강조했다. “최종적으로 완성된 결과물은 굉장히 매력적인 데다 여타 애니메이션 속의 전형적인 여성 캐릭터와는 매우 다른 모습을 하고 있었습니다. 그웬은 단순히 말라빠진 공주 몸매의 금발 미소녀가 아닙니다. 그보다는 발레리나처럼 훤칠하고, 근육도 발달한 데다, 강력한 면모를 만들어주고 싶었죠.”

위 스케치 – 보르자 몬토로 오른쪽 2D 디자인 – 김시윤, 3D 디자인 – 오마 스미스, 삽화 – 웬델 댈릿
아래 삽화 – 나빈 셀바나단

위 캐릭터 스케치 – 김시윤 아래 얼굴 표정 연구 – 보르자 몬토로

스파이더맨 팀의 슈트

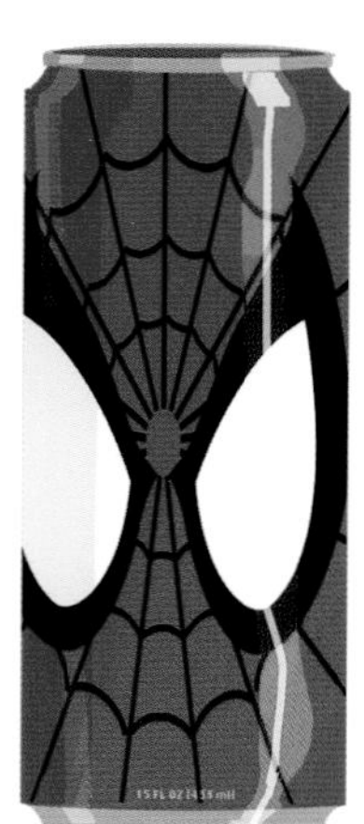

아래 스파이더맨의 본부 삽화
– 유키 디머스

자신의 가능성을 완전히 개발해낸 피터의 스파이더맨 본부는 과연 어떤 모습을 하고 있을까? 이는 영화 속 피터 파커의 연구실을 디자인하던 과정을 꿰뚫은 핵심적인 질문이었다. 아티스트 유키 디머스는 설명했다. "이 본부는 겉보기에 피터가 마치 거만하고 허세에 눈이 먼 사람이었던 것처럼 그려내지만, 조금만 더 들여다본다면 이쪽 세계의 스파이더맨이야말로 더 유능하고 거의 완벽한 존재였던 것을 드러내며 나머지 스파이더맨 팀에게도 영감을 심어줍니다."

아트팀은 현실을 바탕으로 이 공간을 그려내기 위해 수많은 현대 건축물과 다양한 성공 인사들의 작업 공간을 참고했다. "우리는 들어가서 작업을 하는 게 미안할 정도로 아름다운 공간과 실제로 작업이 이루어져야 하는 공간 사이에서 적절한 균형을 맞추려 했습니다." 디머스는 말했다. "온갖 스파이더맨 캐릭터 상품들을 걷어내고 본다면, 피터가 이 도시를 안전하게 지키기 위해 목숨마저 바쳤다는 사실을 알 수 있습니다."

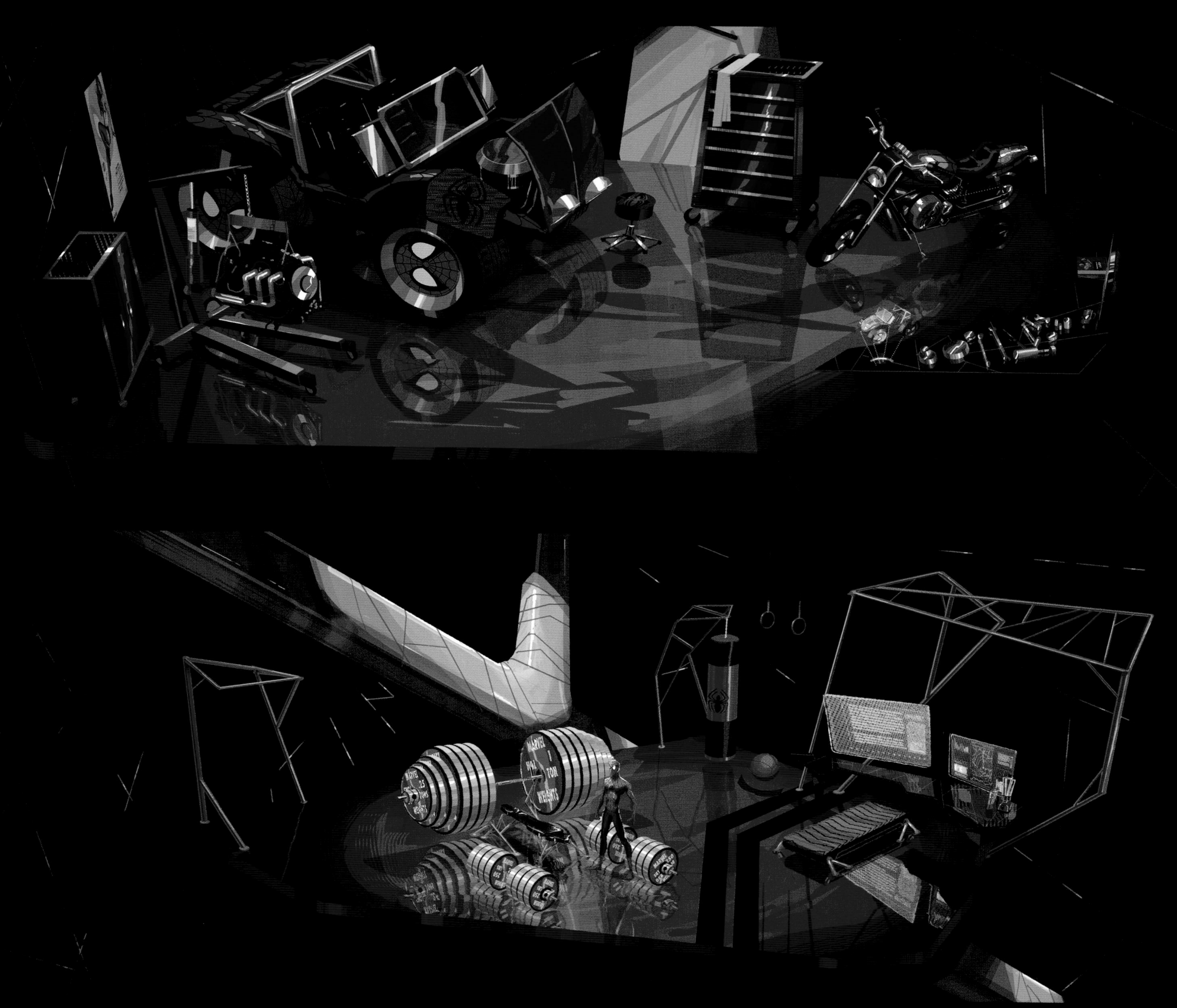

위 그림 – 유키 디머스

위 슈퍼 히어로 장비들로 가득 찬 스파이더맨 본부 삽화 – 어니 리너드

아래 대통령과 함께 걷는 사진, 결혼식 사진, 범죄자들의 증명 사진, 어린이가 손으로 직접 그린 감사 카드, 그리고 다양한 신문 스크랩 삽화 – 유키 디머스

스파이더 햄은 분명 가장 괴상하면서도 웃기는 스파이더맨 중 한 명으로, 마블 코믹스의 작가 톰 디팔코와 마크 암스트롱이 1983년에 처음 선보였다. 그는 본래 고전 명작 만화 〈루니 툰〉에 경의를 표하고자 만들어진 인물로, 작가들은 스파이더 햄을 전통적인 애니메이션 제작 방식 '러버-호스' 스타일의 애니메이션과 비주얼로 구성하면서 마일스의 세계 속에서도 유독 튀어 보이면서 헐렁하고 생생한 모습을 보여주게 만드는 등 온갖 재미있는 시도를 할 수 있었다. 또한 스파이더 햄은 자신만의 애니메이션 세상 속 법칙을 따른다. 마치 고전 만화 영화들에서 등장했던 것처럼 벽에다 검정색 원을 던진 다음, 이렇게 벽에 뚫린 '구멍'을 발판 삼아 밟고 올라갈 수도 있는 것이다.

제작자 필 로드는 말했다. "우리는 분명 멀티버스라는 개념을 따른다면 나올법한 가능성들을 충실하게 따르지만, 보통은 절대 허용되지 않을 작업들도 했습니다. 일본 만화 캐릭터가 고전 코미디 만화에서 나올법한 캐릭터인 스파이더 햄과 서로 대화를 하고, 그 옆에는 웬 흑백 캐릭터가 하나 서 있는 겁니다. 그런 작업을 하다 보면 '아니, 진짜 아무 감독도 안 받는 기분이네. 이러면 안 되는 거 아냐?'라는 생각이 들게 됩니다. 그 정도의 재미와 자유를 느낀 덕분에 정말 즐겁게 작업할 수 있었습니다!"

"우리는 정말 많은 선을 활용하여 캐릭터들의 움직임을 처리했습니다. 관객들로 하여금 자신들이 보고 있는 게 3D인지 아닌지 혼동할 정도로 틀을 깨고 싶었죠."

애니메이션 총괄 담당자, 조시 베버리지

왼쪽 2D 디자인 - 크레이그 켈먼, 3D 디자인 - 오마 스미스, 삽화 - 저스틴 K. 톰슨

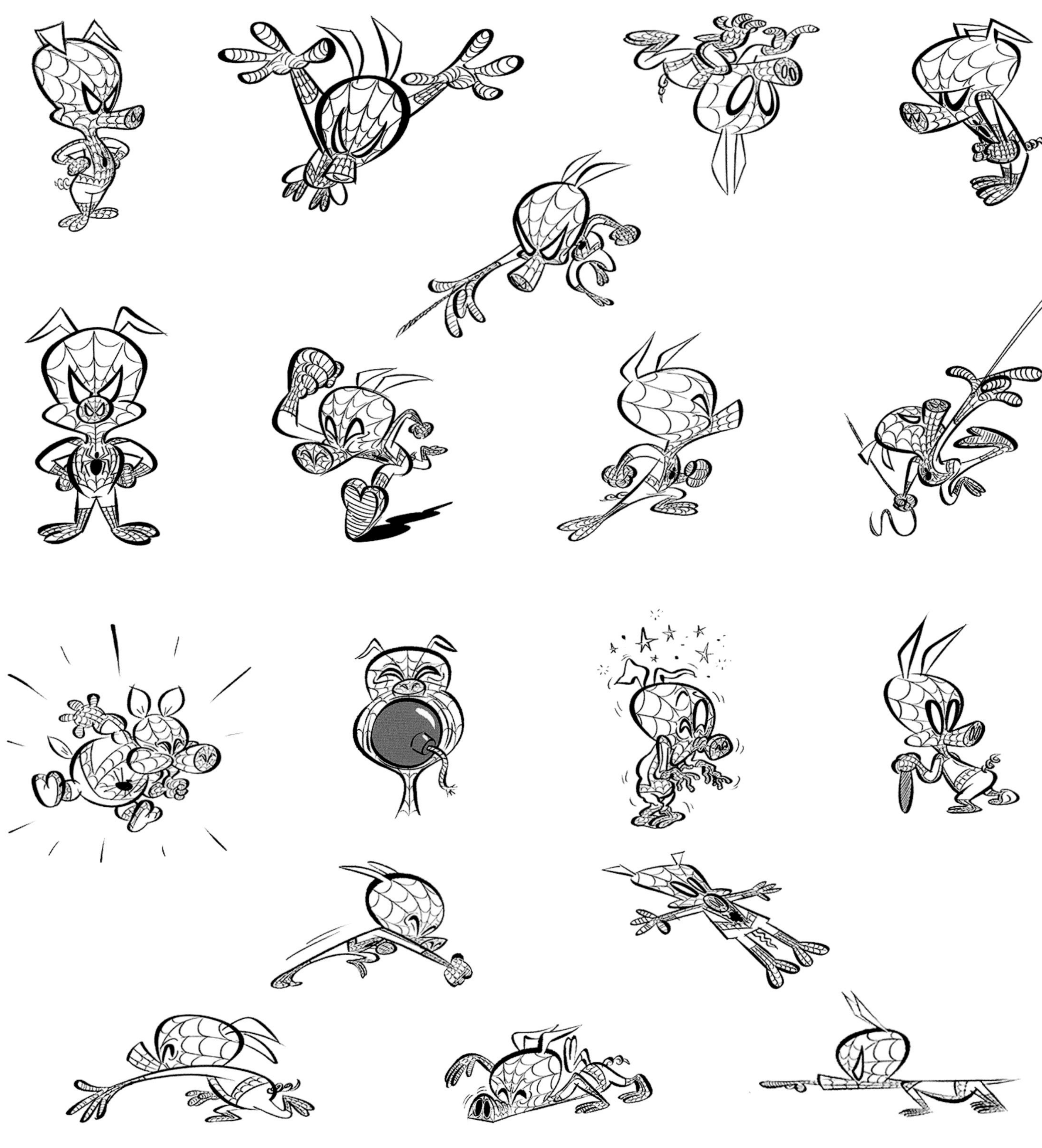

위 캐릭터 스케치 – 크레이그 켈먼

현재 두 페이지 캐릭터 스케치 - 마크 애클랜드 (위), 짐 마푸드 (오른쪽)

SPIDER-HAM
OH!
OINK!!

스파이더맨이라는 캐릭터를 창조적으로 재해석한 캐릭터, 페니 파커는 SP//dr라는 슈트를 조종하는 14살짜리 소녀 파일럿이다. 이 슈트의 머리는 페니와 정신적으로 연결된 방사능 거미의 집이기도 하다. 마블의 〈엣지 오브 스파이더 버스〉 미니시리즈에서 처음으로 등장한 이 일본 애니메이션 풍의 캐릭터는 프라울러와 닥터 옥토퍼스가 차원 이동기로 벌인 실험으로 인해 마일스의 세계로 떨어진 또 다른 스파이더맨이다.

SP//dr의 미래적이면서도 친근한 디자인은 본래 인간형 형태를 띠고 있던 원작 만화책 속 디자인에 경의를 표하는 것이다. 아티스트 야샤르 카사이의 설명처럼, "SP//dr는 홀로그램 화면과 자기 부상이라는 두 가지의 신기술을 선보입니다. SP//dr는 정말 믿을 수 없을 정도의 성능을 자랑하는 병기이며, 페니에게는 최고의 절친이죠. 겉에는 탄탄한 방탄 장갑을 둘렀지만 그 속마음은 정말 따뜻한 외강내유형의 친구인 셈입니다. SP//dr는 홀로그램 화면 얼굴에 무수한 표정들을 지어 자신의 감정을 표현할 수 있습니다. 이는 관객들에게 SP//dr의 현재 감정을 표현할 수 있는 매우 중요한 수단입니다."

카사이는 페니 파커의 초기 디자인에도 참여했으며, 일본 애니메이션 세계관에서 온 활달한 소녀를 이번 작품 속에 추가하는 작업이 정말 즐거웠다고 했다. "이번 작품의 디자인에서 가장 즐거웠던 점 중 하나는 바로 극명한 대조였습니다." 그는 지적했다. "페니는 외모부터 행동까지 정말 일본 애니메이션 그 자체입니다. 페니가 마일스 옆에 서 있는 장면은 이번 영화가 포용하는 다양성을 보여줍니다. 그녀는 투톤 염색 머리에 현대적인 교복을 입은 외모를 하고 있죠. 또한 30세기의 세계관에서 온 소녀답게 미래에 발명된 직물로 제작된 옷을 입고 있습니다. 셔츠는 과학적인 느낌이 풍기고 스웨터 조끼는 빛을 반사하는 재질의 무늬가 가미되어 되어 있으며, 복장의 전체적인 세부 묘사에서도 광점을 통한 강조가 잘 나타납니다. 그리고 책가방은… 음, 그냥 귀엽습니다."

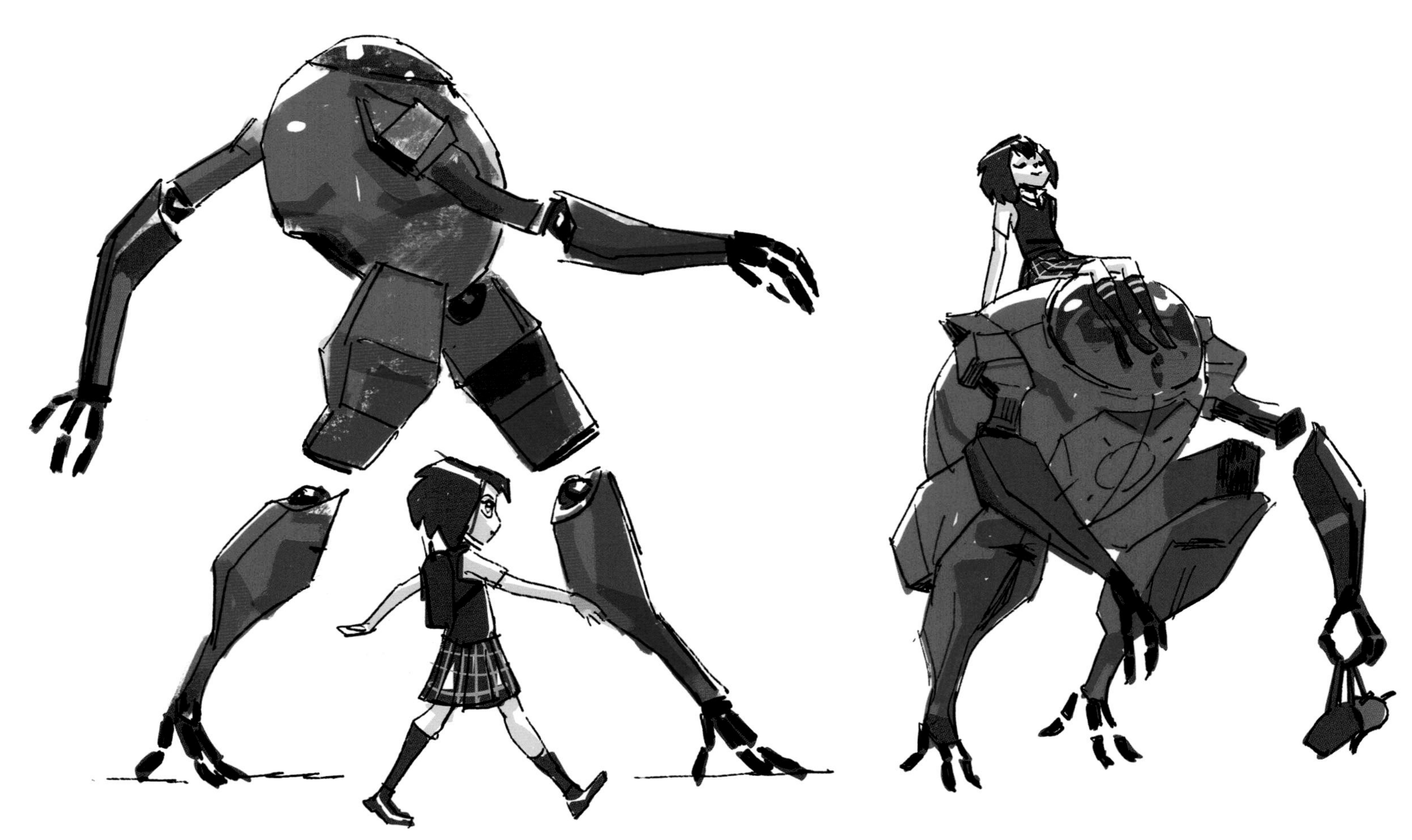

위: 페니와 SP//dr의 최종 디자인을 보여주는 캐릭터 스케치 – 헤수스 알론소 이글레시아스

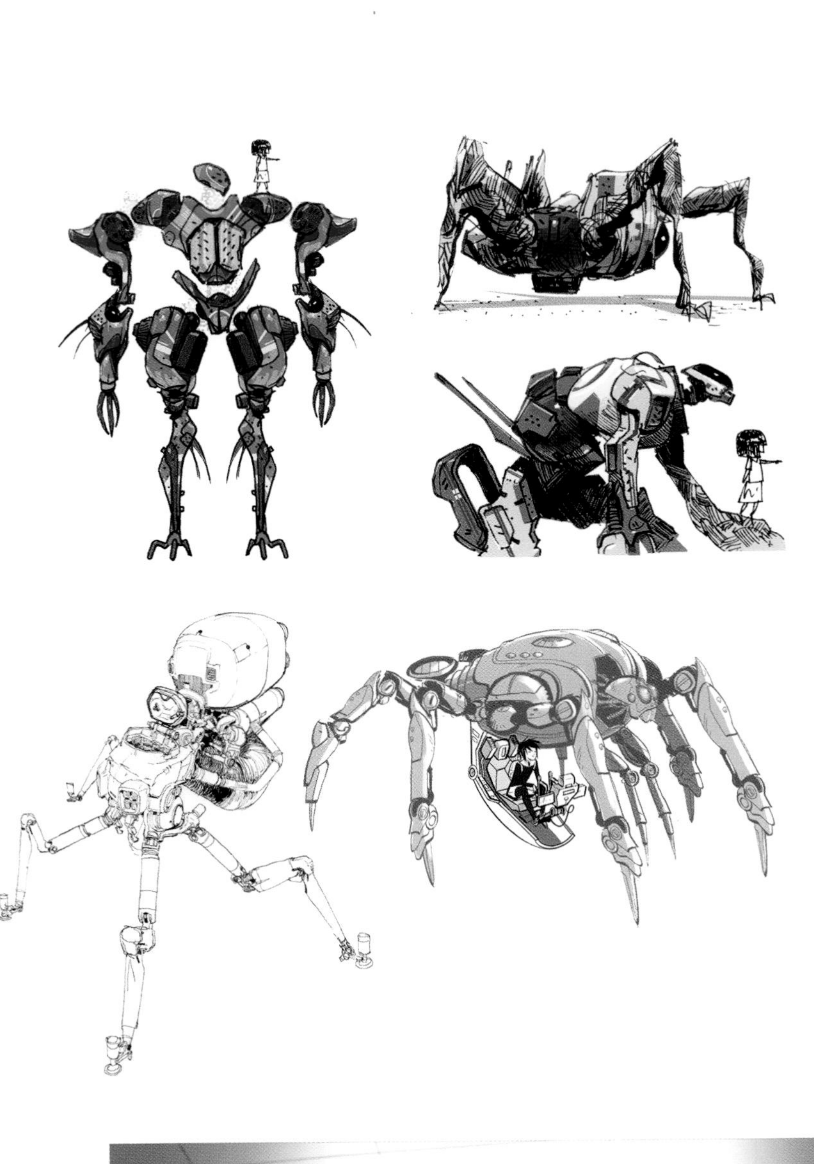

위: SP//dr의 콘셉트 스케치 – 야샤르 카사이와 토니 시러노 (위),
스토리 아트 – 폴 웨이틀링 (아래)
오른쪽: SP//dr의 2D 디자인과 삽화 – 야샤르 카사이.
페니의 3D 디자인 – 오마 스미스, 삽화 – 야샤르 카사이

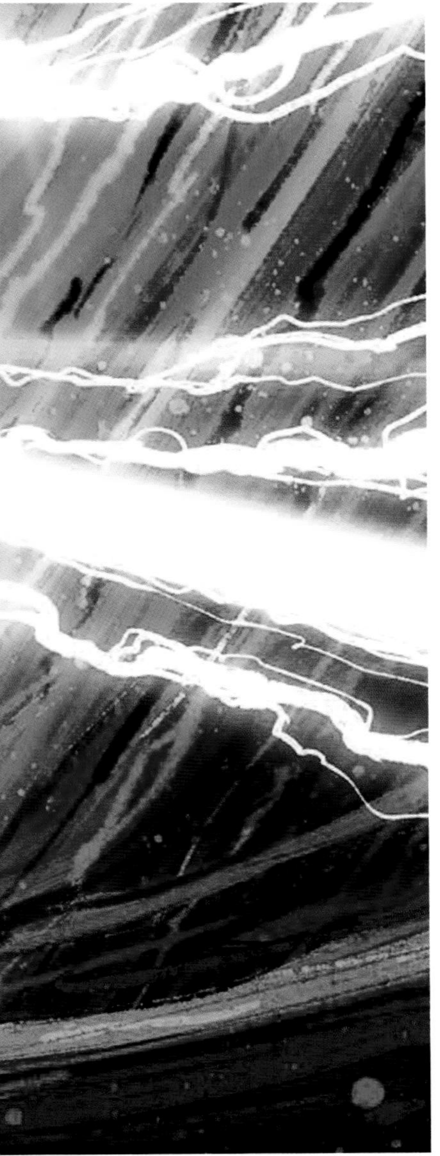

왼쪽 콘셉트 – 폴 라세인
오른쪽 3D 디자인 – 오마 스미스, 삽화 – 야샤르 카사이
아래 삽화 – 야샤르 카사이
맨 밑 초기 얼굴 표정 콘셉트 – 김시윤

스파이더맨 느와르는 데이비드 하인, 파브리스 사폴스키, 그리고 카민 디 지안도메니코가 창조해낸 캐릭터로, 2009년 마블 코믹스에서 처음으로 등장했다. 전형적인 1930년대 형사의 모습에서 모티브를 따 온 스파이더맨 느와르는 미국 토박이의 긍정적인 인물인 피터 파커보다 좀 더 어두운 면모를 보여준다. 이번 영화에서는 차원 이동기가 시공의 연속성을 파괴하면서 마일스의 세계관에 떨어진 스파이더맨들 중 한 명으로 등장한다.

왼쪽 불가사의한 스파이더맨 느와르 – 야샤르 카사이

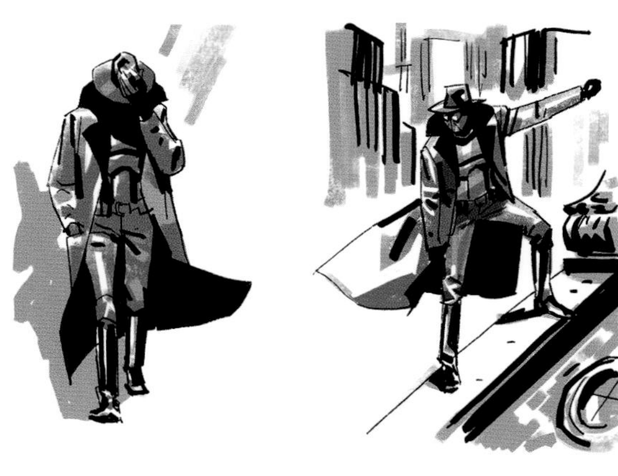

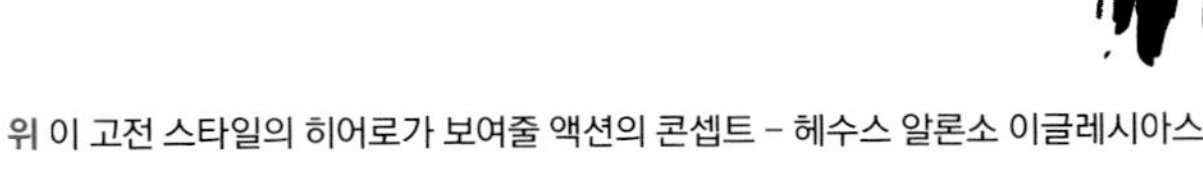

위 이 고전 스타일의 히어로가 보여줄 액션의 콘셉트 – 헤수스 알론소 이글레시아스

"이번 작품은 애니메이션이었기에 '총을 든 스파이더맨'이라는 시각적 묘사를 실험해 볼 수 있었습니다." 제작 디자이너 저스틴 K. 톰슨이 말했다.
"우리는 스파이더맨 느와르를 마치 그의 고향 세계관처럼 음울한 흑백 풍으로 표현했습니다. 느와르의 표현에는 크로스 해칭(둘 이상의 평행선 군을 서로 교차시켜 강조나 음영 표현을 주는 기법)을 정말 많이 사용했습니다." 개발 아티스트 웬델 댈릿은 말했다. "이처럼 고전 만화책이나 옛 신문과 같은 느낌의 질감을 만들어 내기 위해 독창적인 아이디어를 사용했죠."

128쪽 캐릭터 콘셉트 아트 – 헤수스 알론소 이글레시아스 위 만화 스타일의 스케치 – 비듀 응우옌

위 마일스가 위압감을 느끼는 씬을 재구성한 라이팅 키 – 유키 디머스 아래 비주얼 연구 삽화 – 패트릭 오키프

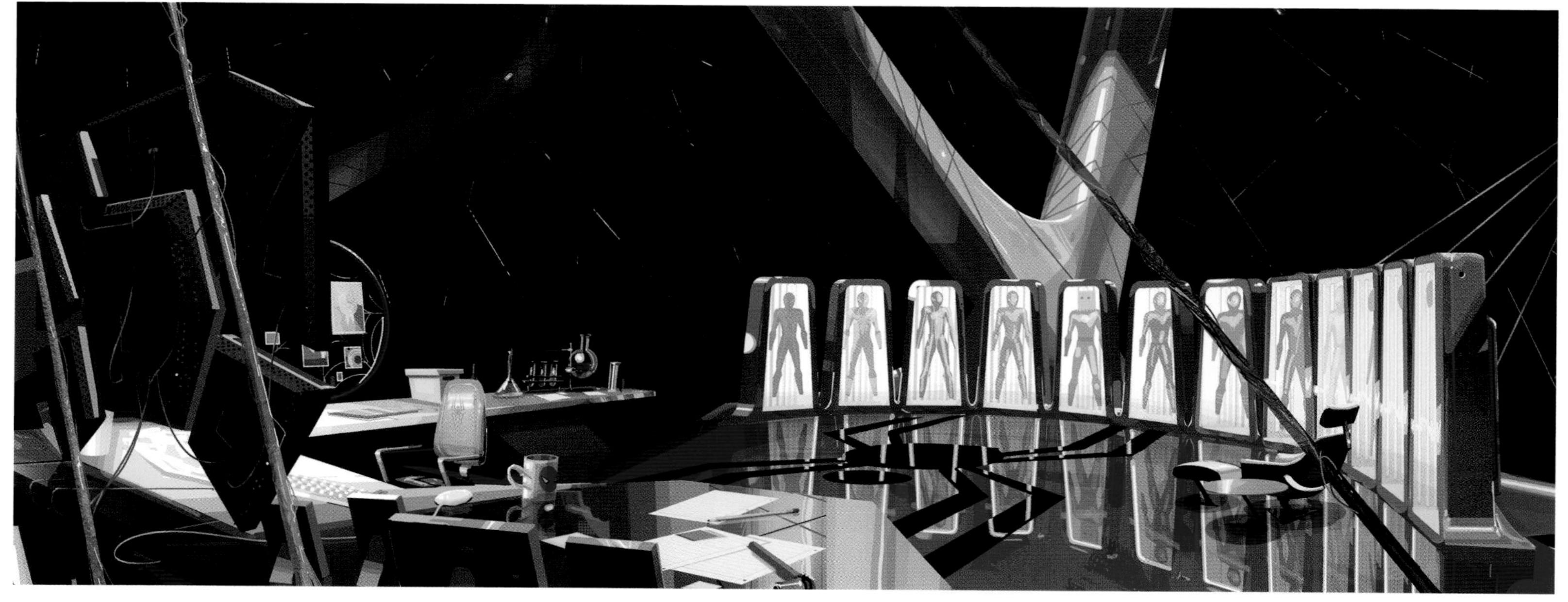

"마일스는 자신의 눈앞에 벌어지는 광경에서 시선을 떼지 못한 채,
자신이 속하지 못한 사건과 모험 속에 기꺼이 뛰어들어 다른 스파이더맨들과
함께 활약하고 싶어 합니다. 그런 느낌은 우리도 한 번씩 똑같이 품어본 생각이죠."

제작자, 에이미 파스칼

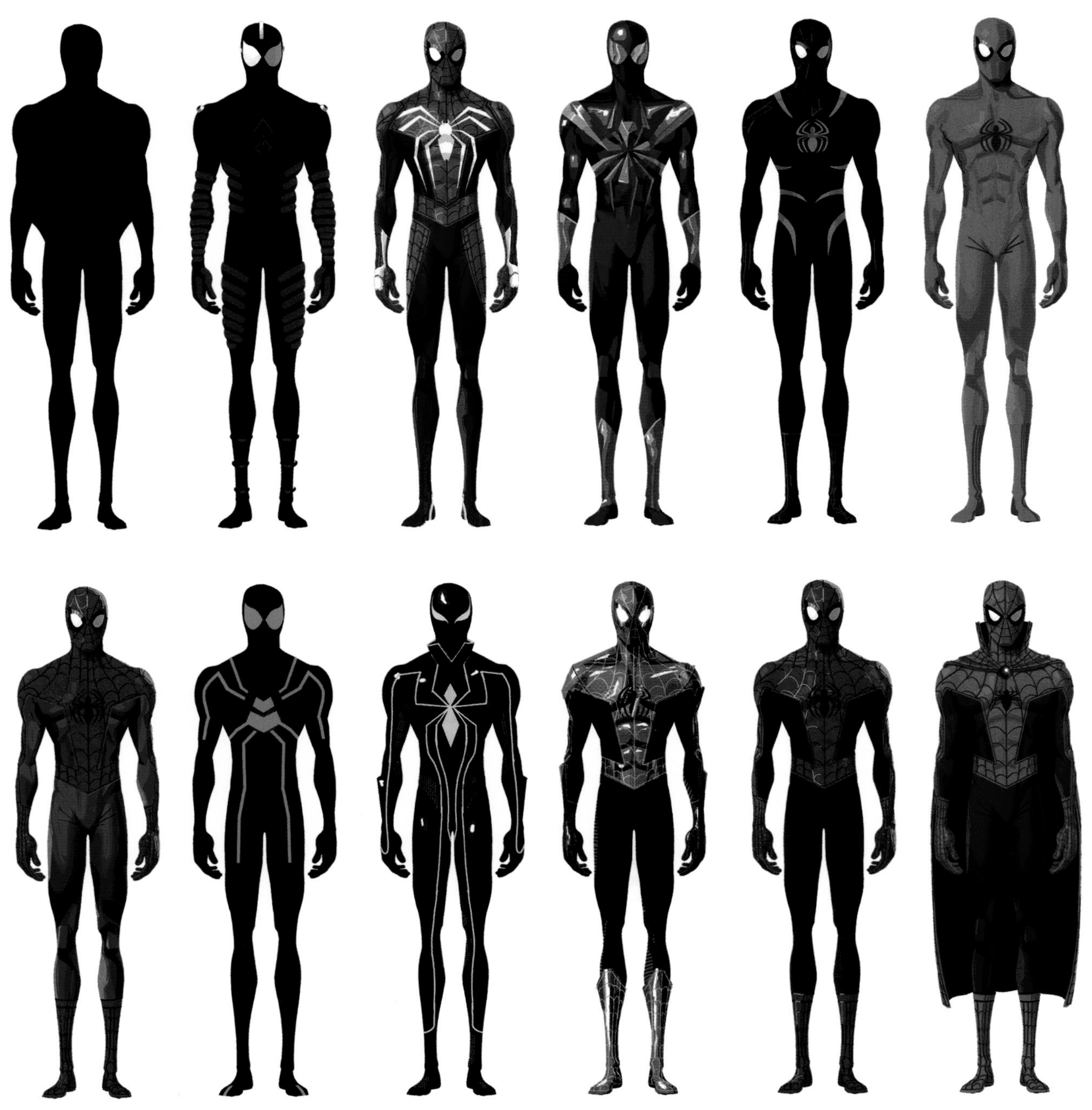

위 다양한 스파이더맨 슈트들 – 유키 디머스

사냥 개시

"우리는 지금껏 장편 CG 애니메이션에서 선보이지 못했던 명암 표현 방식을 다양하게 실험해 볼 수 있었습니다. 덕분에 화면 속에 정말 폭넓은 형식들을 표현할 수 있었고, 특히 만화책 스타일의 라이팅으로 어둡고 사실적인 장면도 만들어냈습니다."

아트 감독, 딘 고든

위 삽화 – 알베르토 미엘고

BACK
商
清

위 삽화 – 알베르토 미엘고

CLINMAN
ARCHERLED
HOUSEHOFF
Gran & Sons
212 841 9898
Tom Hardverc
eace for Lease

프라울러는 키가 훤칠하고 몸놀림이 매서우며 극한의 신체 능력까지 갖춘 노련한 암살자로, 킹핀의 부하 중 하나다. 물론 영화 전반부에서 그의 정체는 사실 애런 삼촌이었다는 충격적인 사실이 드러난다. 디자이너들은 원작 스파이더맨 만화와 마일스 모랄레스 버전의 스파이더맨 만화에서 등장한 두 프라울러의 복장 모두를 가져와 자신들만의 재해석을 가미했다.

왼쪽 3D 디자인 – 오마 스미스, 삽화 – 야샤르 카사이와 저스틴 K. 톰슨
위와 아래 콘셉트 스케치 – 헤수스 알론소 이글레시아스

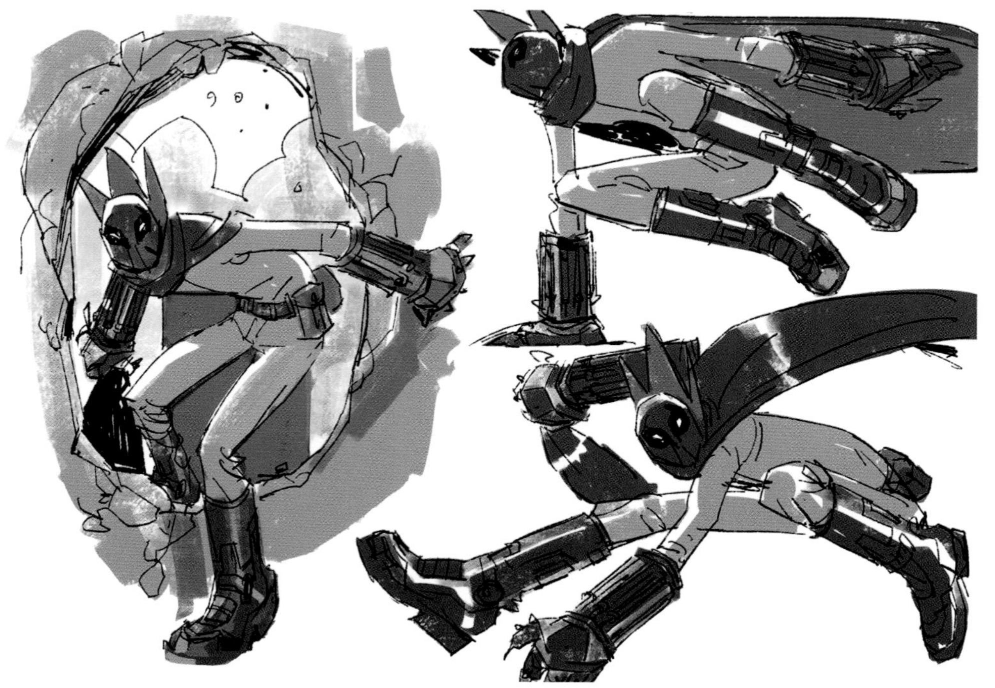

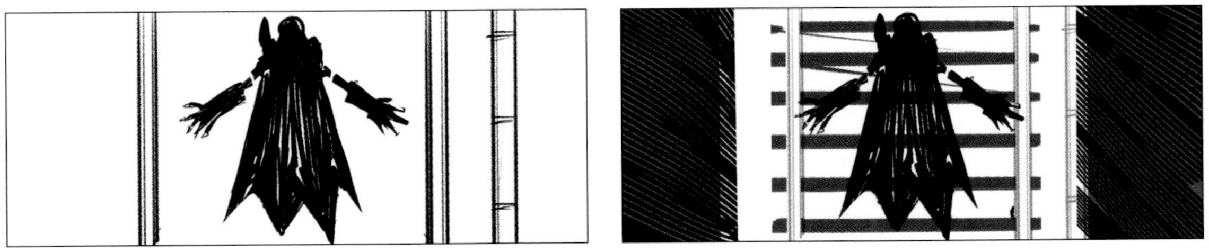

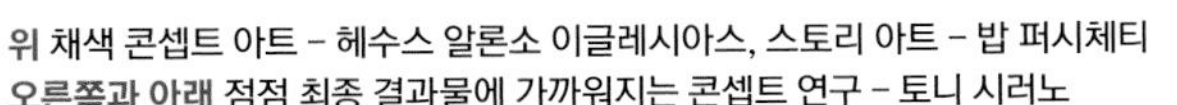

위 채색 콘셉트 아트 – 헤수스 알론소 이글레시아스, 스토리 아트 – 밥 퍼시체티
오른쪽과 아래 점점 최종 결과물에 가까워지는 콘셉트 연구 – 토니 시러노

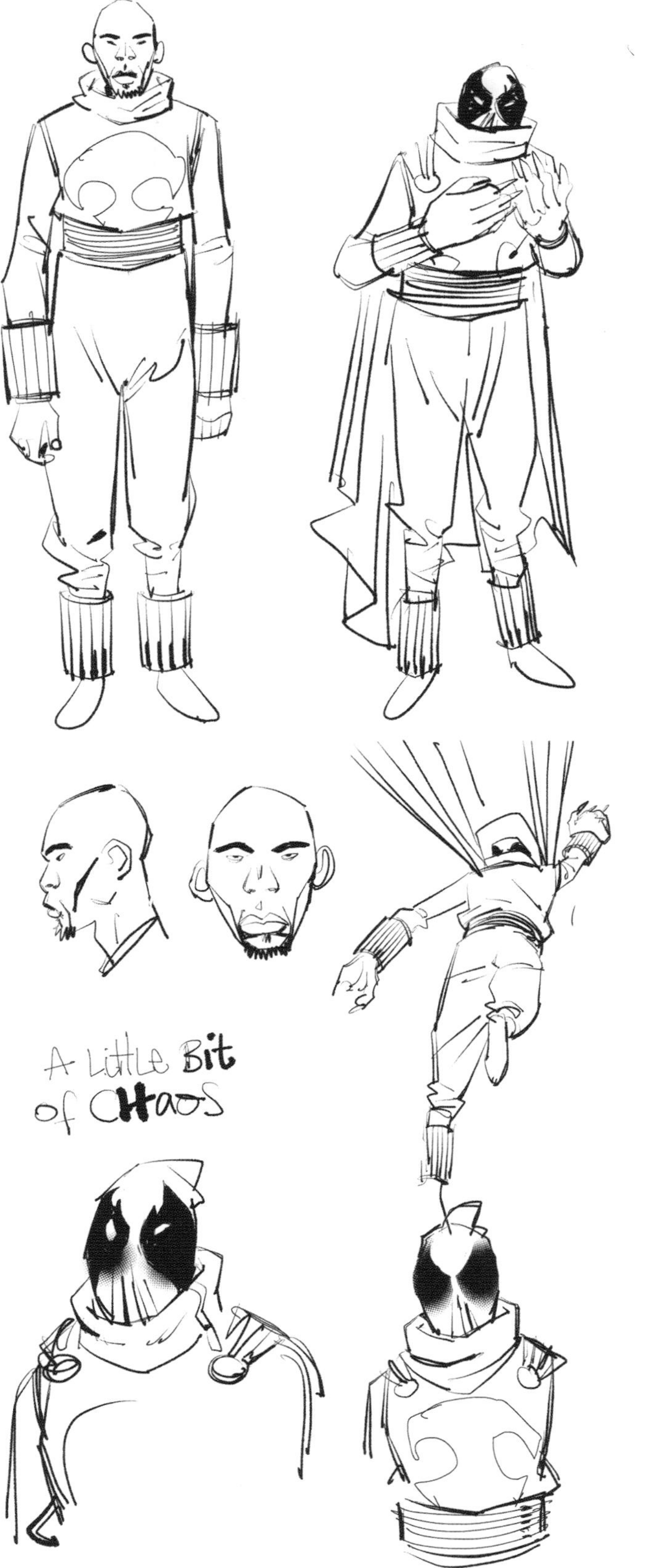

"우리는 우리가 생각하는 애런 삼촌에게 어울리도록 디자인을 개선하면서 개성을 부여했습니다." 감독 밥 퍼시체티는 말했다. "프라울러는 약간 뒤떨어진 장비로 무장한 아이언맨 같은 존재입니다. 강력한 주먹을 날릴 수 있는 손에는 강철 손톱이 달린 장갑을 끼고 있고, 발에 신고 있는 압축 공기 부츠를 통해 거의 비행에 가까운 수준으로 멀리 뛸 수 있습니다. 또한 등에는 활공 기능을 가진 망토를 마치 커다란 수건처럼 두르고 있는데, 그냥 보면 좀 웃겨 보일지 몰라도 프라울러가 장비한 모습을 보면 실로 음울하기 짝이 없습니다. 덕분에 영화 속에서도 프라울러의 디자인을 꽤나 실감 나게 보여줄 수 있었습니다. CG 요소는 많이 배제하고 평면적으로 렌더링했기 때문에 훨씬 더 실감 나는 표현이 가능했죠. 프라울러는 제가 이 영화에서 가장 좋아하는 디자인 중 하나입니다."

현재 페이지 콘셉트 아트 – 헤수스 알론소 이글레시아스
139쪽 삽화 – 야샤르 카사이

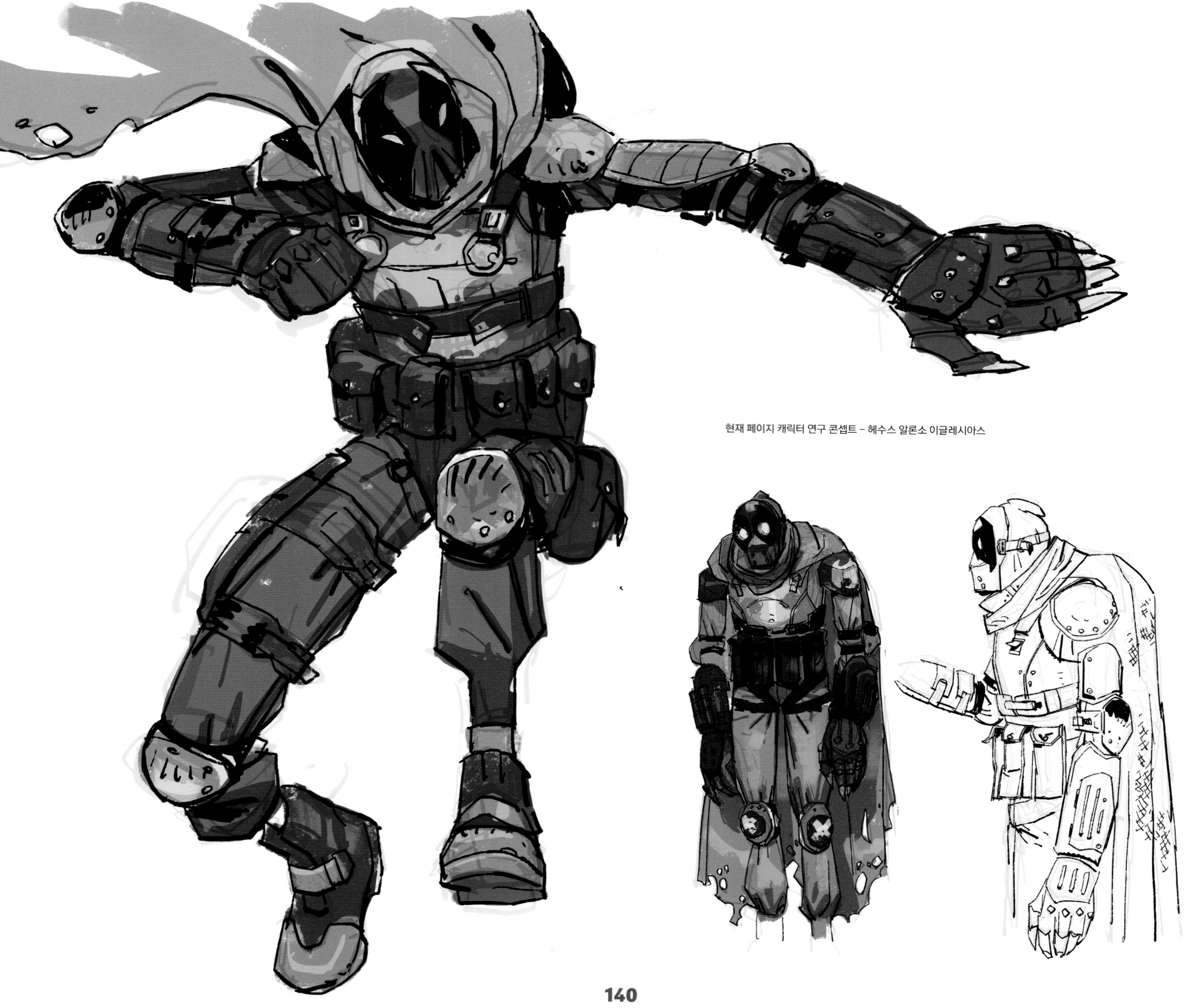

현재 페이지 캐릭터 연구 콘셉트 – 헤수스 알론소 이글레시아스

프라울러의 오토바이는 상당한 개조를 거친 '카페 레이서'형 오토바이입니다. 애런 삼촌은 이공계 쪽으로도 상당한 지식이 있었기에 이처럼 매끈한 경량형의 간소한 오토바이를 직접 만들어냈습니다. "프라울러는 매우 좋은 손재주와 똑똑한 머리를 갖춘 범죄자입니다." 제작 디자이너인 저스틴 K. 톰슨은 말했다. "그는 차, 부츠를 비롯한 각종 장비들처럼 이 오토바이도 자신이 직접 구해온 부품들로 제작했습니다. 성능도 뛰어난 데다 정말로 멋지죠."

위 프라울러의 오토바이. 3D 디자인 – 버건 링, 삽화 – 웬델 댈릿

전투

메이 숙모의 집은 집주인만큼이나 따뜻하고 안락한 공간이 되어야 했다. 아티스트인 유키 디머스의 말에 따르면, "우리는 할머니나 숙모라면 당연히 이런 집에서 살아야 한다는 느낌을 주고 싶었습니다. 꼭 직접 구우신 초콜릿 칩 쿠키 내음과 약간의 좀약 냄새가 풍기는 듯한 풍경으로 상상했습니다."

RIP

142~143쪽 삽화 – 피터 챈
현재 두 페이지 삽화 – 유키 디머스

왼쪽 2D 디자인 – 김시윤, 3D 디자인 – 오마 스미스, 삽화 – 웬델 댈릿
위 얼굴 표정 연구 – 김시윤

이번 영화의 메이 숙모는 지금껏 보아왔던 메이 숙모와 크게 다른 모습을 하고 있다. 이 작품 속의 메이 숙모는 마치 릴리 톰린이나 제인 폰다와 같은 원숙한 유명 여배우들의 분위기를 풍기며 제작팀 사이에서 "대장부"나 "장군" 등으로 통했다. 캐릭터 디자이너 김시윤의 설명에 따르면, "이 세계의 피터 파커가 실사 영화 시리즈의 스파이더맨과 다른 모습을 하고 있는 만큼, 이 세계의 메이 숙모 역시 꽤 독창적인 모습을 띠어야 했습니다. 자기 앞가림을 잘하는 것은 물론이고 다른 세계관에서 온 스파이더맨들까지도 손쉽게 보듬어 줄 수 있는 모습으로요. 우리는 활달한 이미지를 가진 원로 여배우들을 참 많이도 살펴보았고, 특히 '넷플릭스'의 시트콤인 〈그레이스 앤 프랭키〉에 출연했던 릴리 톰린을 눈여겨보았습니다. 하지만 메이 숙모는 강인한 성격은 물론 따뜻한 마음까지 타고 난 데다, 마일스에게 전폭적인 지원을 해 주기도 합니다. 이번 영화에서는 메이 숙모만이 유일하게 마일스를 믿고 그에게 기회를 주는 캐릭터처럼 보이는 장면도 한 번 나옵니다. 메이 숙모에게는 그런 균형 조절도 필요합니다. 터프한 대장부인 만큼이나 다른 사람들을 챙기는 마음 씀씀이도 보여줘야 하니까요."

위와 오른쪽 채색 콘셉트 – 헤수스 알론소 이글레시아스
아래 스케치 – 김시윤

POW

현재 두 페이지 메이 숙모의 집에서 벌어지는 전투 장면의 스케치 – 헤수스 알론소 이글레시아스
150~151쪽 스케치 – 헤수스 알론소 이글레시아스 (왼쪽), 스토리보드 – 롭 포터 (오른쪽)

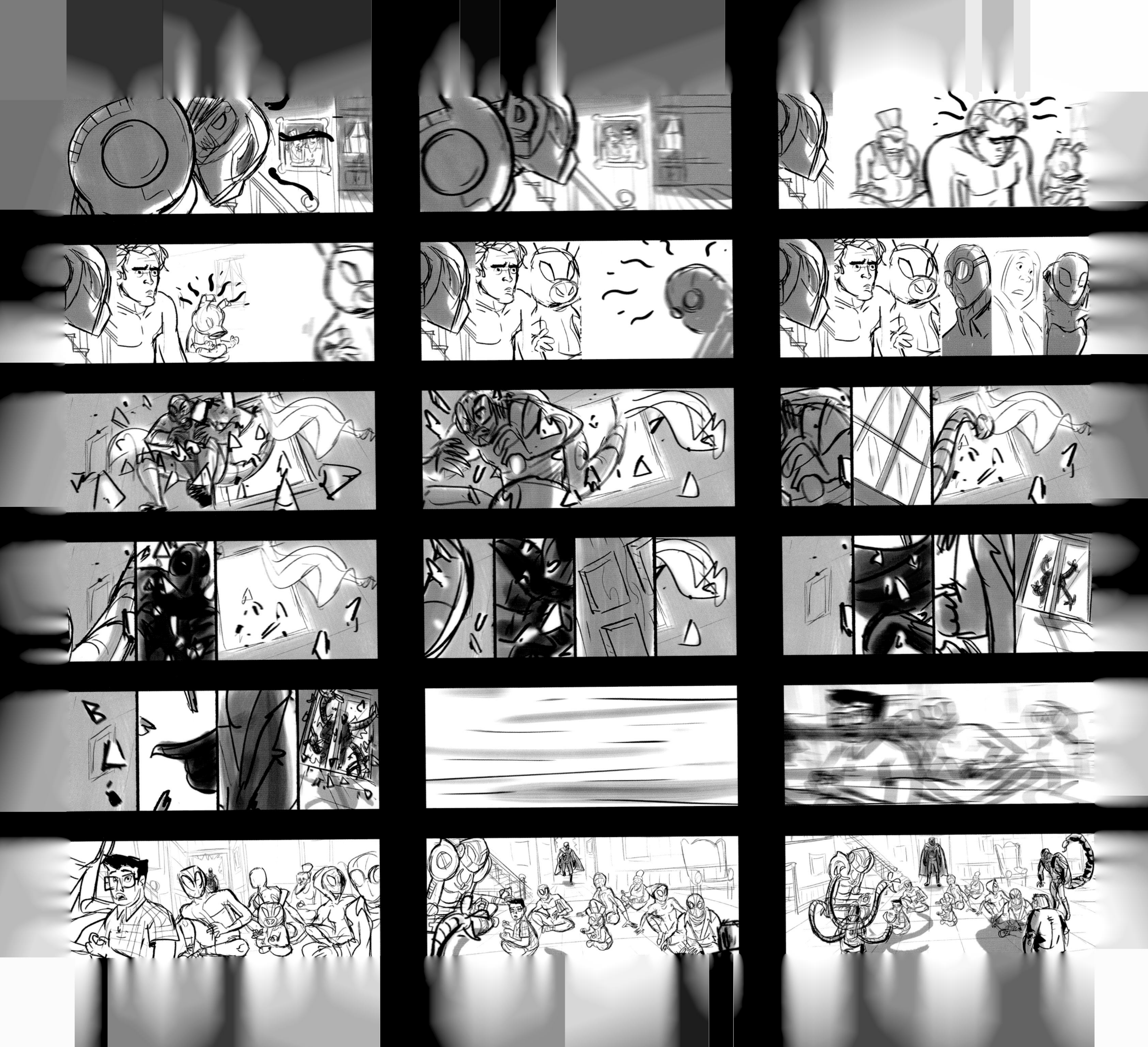

이번 영화에서는 스파이더맨 원작 속 악당 두 명이 킹핀의 음모를 돕는 부하로 나오면서 소소한 역할을 맡는다. 디자이너들은 이들의 기본적인 외형적 특성은 남겨두되, 다른 다양한 히어로 및 빌런들과도 어울리도록 약간의 변화를 주는 등 영화에 맞도록 재해석했다. "스콜피온의 경우에는 약간 기계로 개조해 버렸죠." 감독 밥 퍼시체티는 말했다. "정말 인상적인 꼬리와 기계 팔을 달아준 데다 두 다리 역시 전투에 돌입하면 4개로 갈라집니다."

현재 페이지 캐릭터 콘셉트 – 헤수스 알론소 이글레시아스

현재 페이지 2D 디자인 – 김시윤, 3D 디자인 – 박태현, 삽화 – 웬델 댈릿

피스크의 오른팔인 툼스톤은 마치 할렘가의 거물 깡패처럼 묘사된다. "툼스톤은 언제나 무시무시한 해결사로서 지금껏 스파이더맨과 숱하게 싸웠습니다." 제작 디자이너 저스틴 K. 톰슨은 설명했다. "팬들이 만화책 속 툼스톤을 떠올릴 것을 생각하니 이번 작품 속에 툼스톤을 추가하는 게 꽤나 재미있었습니다. 거구의 좀비처럼 생긴 외모를 하고 스파이더맨 느와르와 일대일의 육박전을 벌이죠. 느와르에게 붙여주기에 완벽한 상대라고 할 수 있습니다. 1930년대 배경을 가진 스파이더맨이 동시대의 분위기로부터 영감을 받아 만들어진 폭력배와 싸우는 것이니까요."

위 액션 콘셉트 – 헤수스 알론소 이글레시아스 오른쪽 2D 디자인 – 김시윤, 삽화 – 웬델 댈릿

현재 페이지 툼스톤의 양식화 콘셉트 스케치 – 짐 마푸드 (위)와 김시윤 (오른쪽 및 아래)

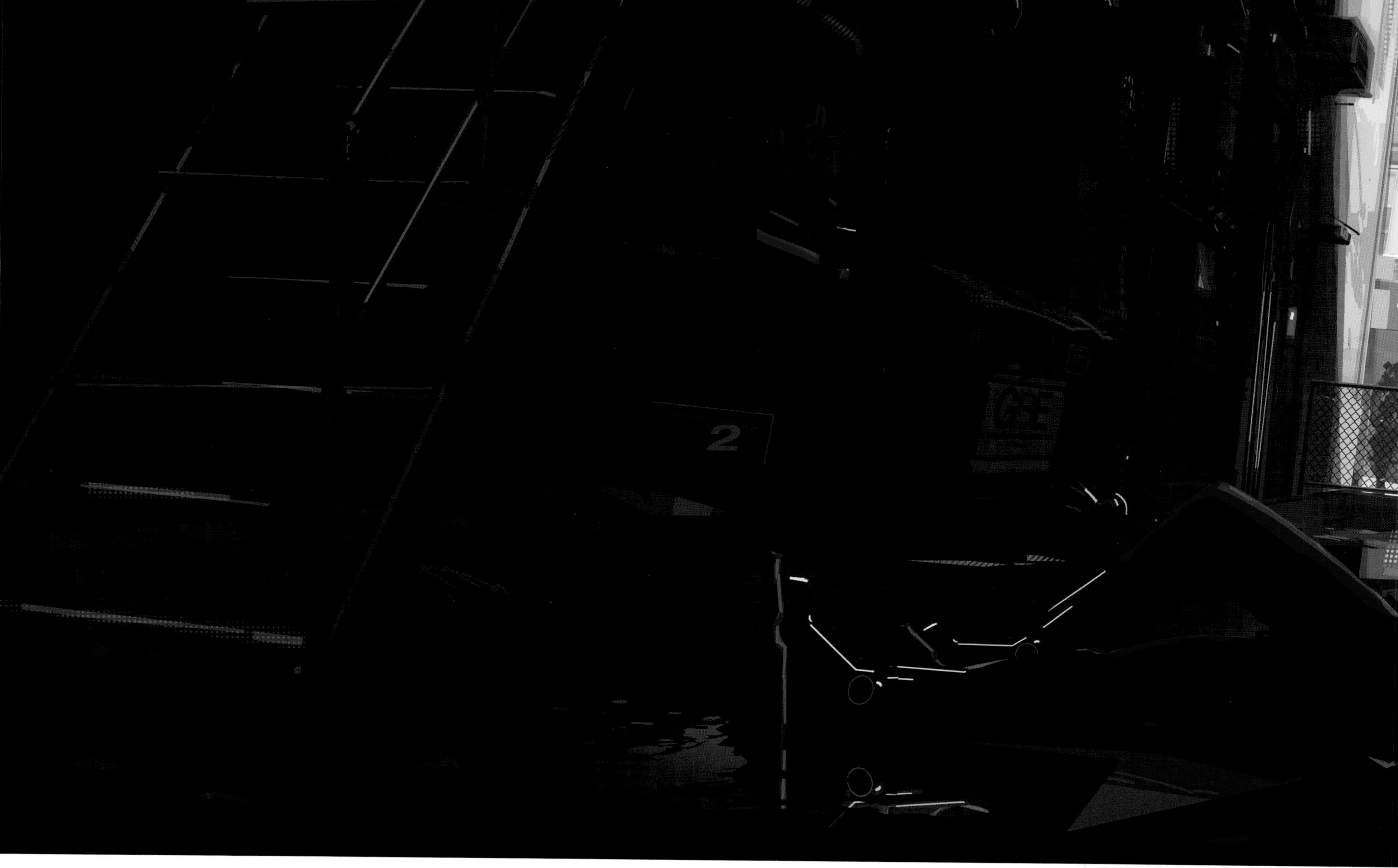

아티스트들은 메이 숙모의 집이 있는 지역, 퀸즈에서 뉴욕시 도심의 어지러운 분위기나 영화 속 액션 장면이 자아내는 뜨거운 분위기와는 사뭇 대비되는 편안한 느낌을 만들어낼 수 있었다. 아티스트인 패트릭 오키프는 우편함, 신호등, 그리고 소화전 등의 사진을 찍고 다니는 자신의 습관이 실생활과 아주 밀접한 배경을 만들어내는 데 매우 유용했다고 말했다. "작업 시간 내내 영화 배경 속의 가게 정문에 '우리 매장에서 사용 가능한 신용카드' 운운하는 스티커를 빼곡하게 붙였어요." 오키프는 담담히 인정했다. "퀸즈 구역 도로의 디자인 작업을 통해 뭔가 상징적이고, 향수를 불러일으키며, 일상적인 장면을 만들 수 있었습니다. 비법은 바로 불일치성을 강조하는 것이었죠. 배경의 사물 중에 서로 평행선을 그리거나 가지런히 나열된 것은 단 하나도 없습니다. 건물들 중에서는 지반이 약해 한쪽이 살짝 땅으로 꺼진 집도 있습니다. 건물의 외관 역시 칠이 벗겨졌거나 서로 짝이 맞지 않는 문이 달려있는 식이죠. 이런 다양한 선택들을 통해 세상을 정말 아름답게 표현해냈습니다."

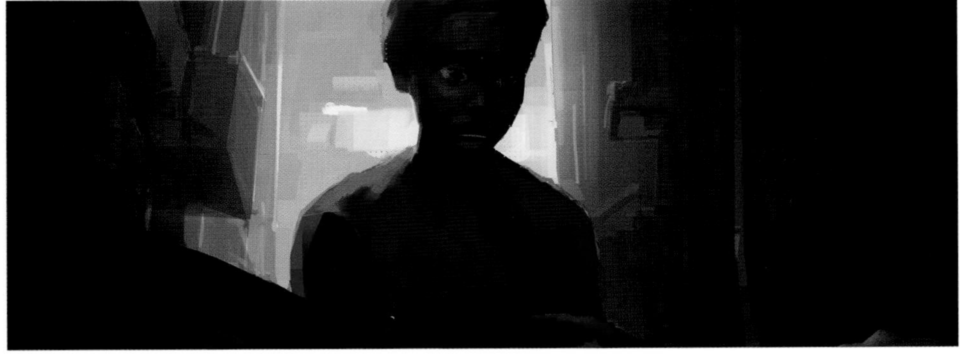

위 삽화 – 패트릭 오키프
오른쪽 라이팅 키 – 잭 레츠

위 아티스트들은 삽화 속에 자신의 흔적을 남기는 장난을 치기도 했다. 맨 왼쪽 가게의 이름을 주목하라.

위와 아래 매우 상세한 묘사와 실감성까지 덧붙여진 퀸즈의 가게 정면 – 패트릭 오키프

피스크의 실패

킹핀은 1967년 스탠 리와 존 로미타 시니어에 의해 첫 등장한 캐릭터로 마블 세계관에서 가장 강력하고 무시무시한 범죄의 제왕들 중 하나다. "그는 명석한 범죄계의 거물이자 유능한 사업가입니다." 제작 디자이너 저스틴 K. 톰슨은 강조했다. "그는 이 도시에 엄청난 돈을 뿌려 사람들을 끌어모으고 공권력마저 손아귀에 넣습니다." 킹핀은 보통 위압적인 거한으로 그려지지만 제작팀은 거구의 역사를 살아온 이 빌런조차 갖지 못했던 수준으로 거대한 덩치를 만들어 보기로, 또 이 악당 캐릭터의 모든 가능성을 탐구해 보기로 도전했다. 제작 디자이너 저스틴 K. 톰슨은 킹핀을 다음과 같이 묘사했다. "킹핀은 만화책 속에서 언제나 거구의 사내로 그려졌습니다. 그래서 우리 영화에서는 최소 신장 2.4m, 어깨너비도 2.1m 이상은 되기를 원했습니다. 또한 그는 다른 차원으로 가는 차원 문을 연 장본인이므로, 그를 시공 곳곳을 누비며 근처에 있는 모든 것을 집어삼키는 거대한 블랙홀처럼 그린다면 정말 멋질 거라고 생각했습니다."

위 스케치 – 헤수스 알론소 이글레시아스 161쪽 2D 디자인 – 김시윤, 3D 디자인 – 오마 스미스, 삽화 – 웬델 댈릿 162~163쪽 삽화 – 크레이그 멀린스

부동산 재계의 거물 윌슨 피스크에게 이처럼 괴물 같은 이면을 주자, 그는 마치 무한한 암흑 에너지의 원천인 것처럼 그려졌다. "킹핀은 우리에게 정말 재미있는 시각적 경험을 다양하게 다뤄볼 수 있는 기회를 주었습니다. 그저 몸의 실루엣만 보여주는 것으로 표현의 제한을 두었으면서도 굉장히 역동적인 움직임을 선보일 수 있었죠." 톰슨은 덧붙였다. "그래서 꼭 머리와 손이 공허한 어둠 속에서 떠다니는 것처럼 보입니다. 킹핀이 실제 인체 해부학으로부터 완전히 자유롭게 움직이는 멋진 실루엣을 화면에 담아내기 위해 아예 킹핀 전용의 리깅(역주: 모델의 뼈대)을 특별히 제작하기도 했습니다."

제작자 필 로드는 킹핀이 등장하는 프레임마다 마치 일식을 일으키는 것처럼 보이기에 자신이 가장 좋아하는 캐릭터 중 한 명이라고 했다. "거대한 체구 때문에 화면에 남는 공간이 전혀 없어요. 그냥 서 있는 것만으로도 모든 사물이, 심지어 카메라마저 그의 의지로 움직이게 됩니다. 그는 실로 순수한 암흑이자 제가 지금껏 본 CG 캐릭터 중에서 가장 추상화된 인물이에요."

위 캐릭터 스케치 – 마크 애클랜드

위 얼굴 표정 연구 – 김시윤 165쪽 캐릭터 콘셉트 – 김시윤

바네사는 킹핀의 아내로, 그녀가 사망하자 킹핀은 다른 우주로 통하는 차원 문을 열고 또 다른 바네사를 이쪽으로 데려오려는 계획을 세운다. “정말 어리석고 실패할 수밖에 없는 계획입니다. 다른 우주에 있는 사람을 이쪽 우주로 데려와 봤자 어차피 같은 사람이 아니니까요.” 저스틴 K. 톰슨은 설명했다. “킹핀은 언제나 자기 아내를 극진히 아꼈던 애처가였죠. 그래서 그녀를 위해서라면 모든 것을 포기할 각오가 되어 있습니다.”

위 3D 디자인 – 오마 스미스, 삽화 – 야샤르 카사이 (위), 채색 콘셉트 – 폴 라세인 (아래)

위 삽화 – 패트릭 오키프

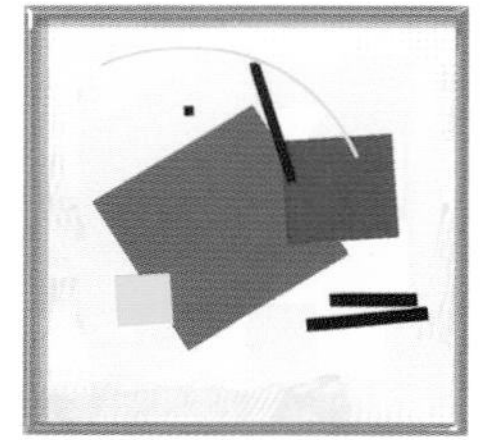
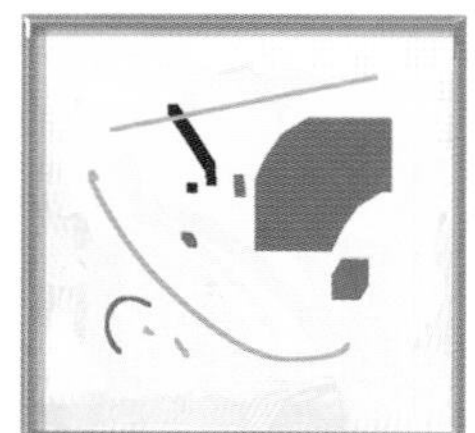

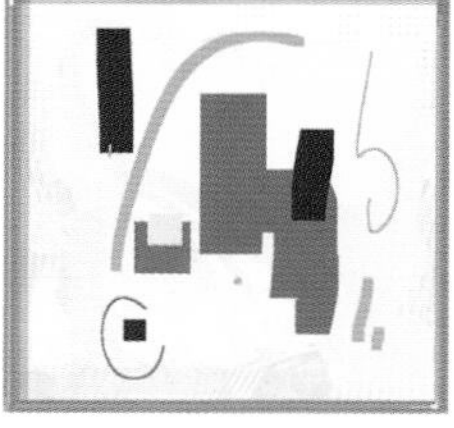

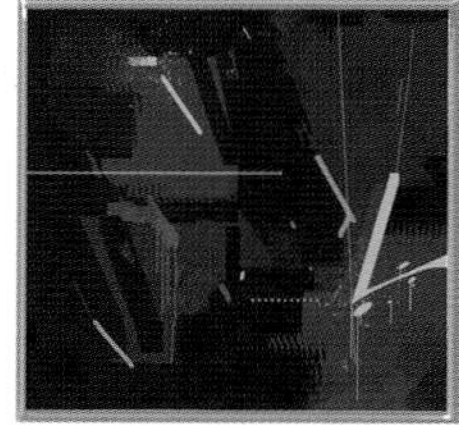
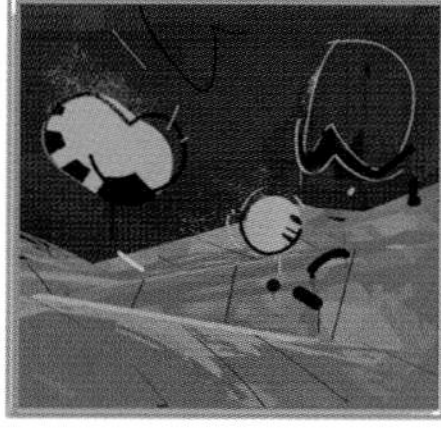
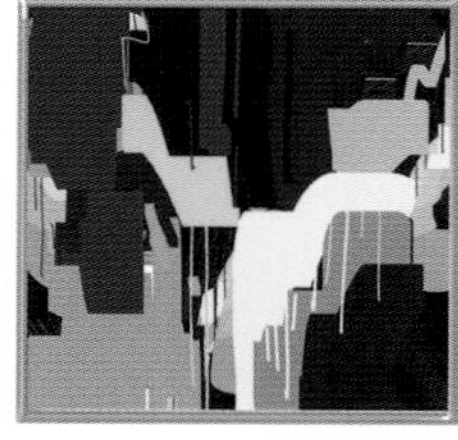

위와 오른쪽 킹핀의 사무실 삽화 – 패트릭 오키프

이번 영화 속에서 가장 탁월한 시각적 표현 중 하나는 다른 세계관에서 마일스의 세계로 온 캐릭터들이 '붕괴'를 겪는 장면이다. 소니의 첫 스파이더맨 실사 영화 3부작의 제작에 참여했을 정도로 베테랑 시각 효과 제작자인 크리스찬 헤이널의 말에 따르면, 특수효과팀은 이 과제를 매우 창의적이고 실험적으로 수행해도 좋다는 허락을 받았다고 한다.

"우리 모두에게 정말 신선한 과제였습니다." 헤이널은 설명했다. "붕괴는 우리 제작팀이 만들어낸 매우 현대적인 결과물로 다중우주라는 면을 드러내기 위해 다수의 카메라 시점을 사용하여 제작했습니다. 모두가 동일한 캐릭터의 동일한 애니메이션을 담아낸 장면이되 각각의 장면을 모두 다르게 처리해서 굉장히 입체적이고 파편화된 듯한 모습을 연출해냈습니다. 붕괴는 다양한 세계관들이 서로 간섭을 일으키면서 차원적인 지진이 벌어지는 바람에 일어나는 현상으로, 영화 속에서는 주로 캐릭터와 건물, 그리고 차량 등에서 발생합니다."

헤이널과 휘하의 시각효과팀은 마일스의 베놈 스트라이크나 투명 능력 등을 구현하는 작업도 상당히 즐겁게 수행했다고 한다. "베놈 스트라이크는 2D 일본 애니메이션 스타일로부터 영감을 받았으며 우리 제작팀에 의해 3D 배경 속에 새롭게 구현되었습니다." 그는 설명했다. "시각 개발 및 합성팀은 최선을 다한 작업을 통해 정말 괜찮아 보이는 결과물을 만들어냈으며, 특히 영화의 시각적 표현을 정의하는 요소 중 하나인 스크린 인쇄 테크닉 부분에는 더욱 큰 노력을 기울였습니다. 마일스는 자신이 불안감을 느낄 때마다 베놈 스트라이크 효과를 방출하고, 그 모습은 마치 선명한 감전 효과처럼 보이죠."

마일스의 투명화 능력을 구현하는 과정에서는 실제 자연물로부터 영감을 받기도 했다. "우리의 시각 효과개발팀에서는 갑오징어가 자기 바로 앞에 놓인 물체의 시점에서 보기에 완전히 투명해지는 습성에 주목했습니다." 헤이널은 말했다. "하지만 이건 어디까지나 시점과 각도를 이용한 착시 효과라 오로지 자기 바로 앞에서 바라보는 시점에서만 투명하게 보이죠. 그래서 우리 제작팀은 이 방식을 약간 수정하여 마일스가 3D 배경 속 모든 시점과 각도에서도 투명해 보일 수 있는 해결책을 만들어 내야 했습니다. 그러면서도 영화 속에서 표현되는 스크린 인쇄와 선화(線畫) 형의 표현과도 잘 어우러지도록 유지해야 했죠. 덕분에 제가 지금껏 보지 못한 결과물이 탄생했으며, 그 개발 과정을 보는 것도 굉장히 신났습니다."

아래 영화의 전반적인 미학과 어울리도록 디자인된 마일스의 능력들 – 딘 고든

현재 페이지 투명화, 스파이더 센스, 그리고 베놈 스트라이크는 마일스가 새로 갖게 된 능력 중 일부에 불과하다. 아트워크 – 소니 픽처스 이미지웍스

스파이더맨 세계관의 광팬들이라면 강력한 입자 충돌기를 켜서 스파이더맨의 세계를 '진짜' 현실 세계로 불러올 수 있다는 낭설을 진지하게 설파할지도 모른다. 시각 아티스트들은 '차원 규모로 벌어진 거대한 진동으로 인해 시공의 연속성이 파괴되는 장면'이라는 복잡한 아이디어를 CG 애니메이션 속에 어떻게 표현할 것인지 정말 수많은 기회와 도전들을 가늠해보아야 했다.

현재 두 페이지 차원 진동 효과 – 야샤르 카사이, 배경 – 로브 루펠

BUS LANE
BUS LANE TOW & FINE
PHONE
PHONE
PHONE

딘 고든은 화면의 시각화에 대해 더 자세한 이야기를 다음처럼 풀어놓았다. “우리는 멀티버스의 수많은 평행우주들이 우리 세계로 침범해 들어오는 장면을 표현하고 싶었습니다.” 그는 말했다. “여기서는 입체파적 표현이야말로 매우 자연스러울 것처럼 보였습니다, 단 하나의 장면 프레임 속에서 해당 장면의 입체적 시점들을 한눈에 보여줘야 했으니까요. 그래서 우리는 공간을 파편화 시킨 다음 각 파편들을 다양한 시야각과 규모, 그리고 렌더링으로 새롭게 표현하여 동일한 위치에 넣었습니다. 각 파편들은 우리의 세계와는 별개로 존재하는 각각의 차원들, 이제 우리의 세계와 융합되려는 또 다른 세계들을 상징합니다.”

현재 두 페이지 아름답게 융합된 형태의 삽화 – 딘 고든

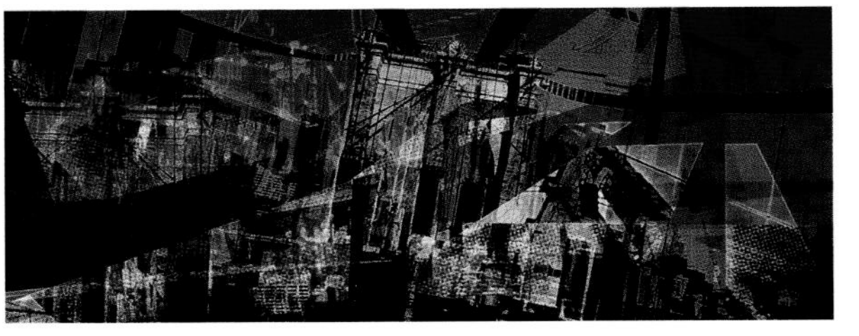

이번 영화에서는 전체적으로 온갖 복잡한 주제와 테마들을 참신하고 창의적인 방법들로 표현했기 때문에, 차원 문 장면 역시 관객들이 여태껏 봐 왔던 '다른 차원으로 통하는 문'을 훨씬 능가할 수 있어야 했다. "익숙한 장면은 원하지 않았습니다." 감독 밥 퍼시체티는 말했다. "단순한 터널형이나 〈닥터 스트레인지〉에서 선보였던 마법들의 파생형으로 만들 수는 없었죠. 이런 아원자들을 서로 충돌시켜서 시공의 연속성을 깬다면 정말로 벌어질 만한 일을 표현해 보고 싶었습니다. 영화 속에서는 차원 이동기가 위치한 마일스의 동네, 브루클린을 향해 다른 차원들이 이끌려 옵니다. 이 수많은 우주들은 차원 문을 통해 이 세계와 한데 합쳐지려 합니다."

퍼시체티 감독에 따르면, 소니 이미지 웍스의 기술팀은 총 7개의 서로 다른 시야각에서 화면을 동시에 비출 수 있는 카메라 배열을 개발해냈다고 한다. 또한 각각의 카메라 시야는 서로 다른 스타일로 렌더링을 할 수도 있다. "차원 문이 열리면 관객들은 멀티버스의 존재를 자신의 눈으로 직접 확인하게 됩니다. 그 모습은 마치 하나의 모자이크와도 같지만, 실제로는 총 7개의 서로 다른 위치(곧 7개의 다양한 세계 속에 존재하는 동일한 위치)들을 서로 조금씩 다른 시야각에서 비춰, 서로 다른 렌더링 스크립트들을 적용하여 만들어낸 장면입니다. 그런 다음에는 이 모든 장면들을 한데 억지로 우겨 넣은 듯한 애니메이션을 만들어내야 했습니다. 그래서 그 모습이 마치 추상화처럼 보이게 되었습니다. 여기에 원근법을 적용하여 커다란 화면 속에 펼쳐 놓으니 굉장히 멋져 보였죠!"

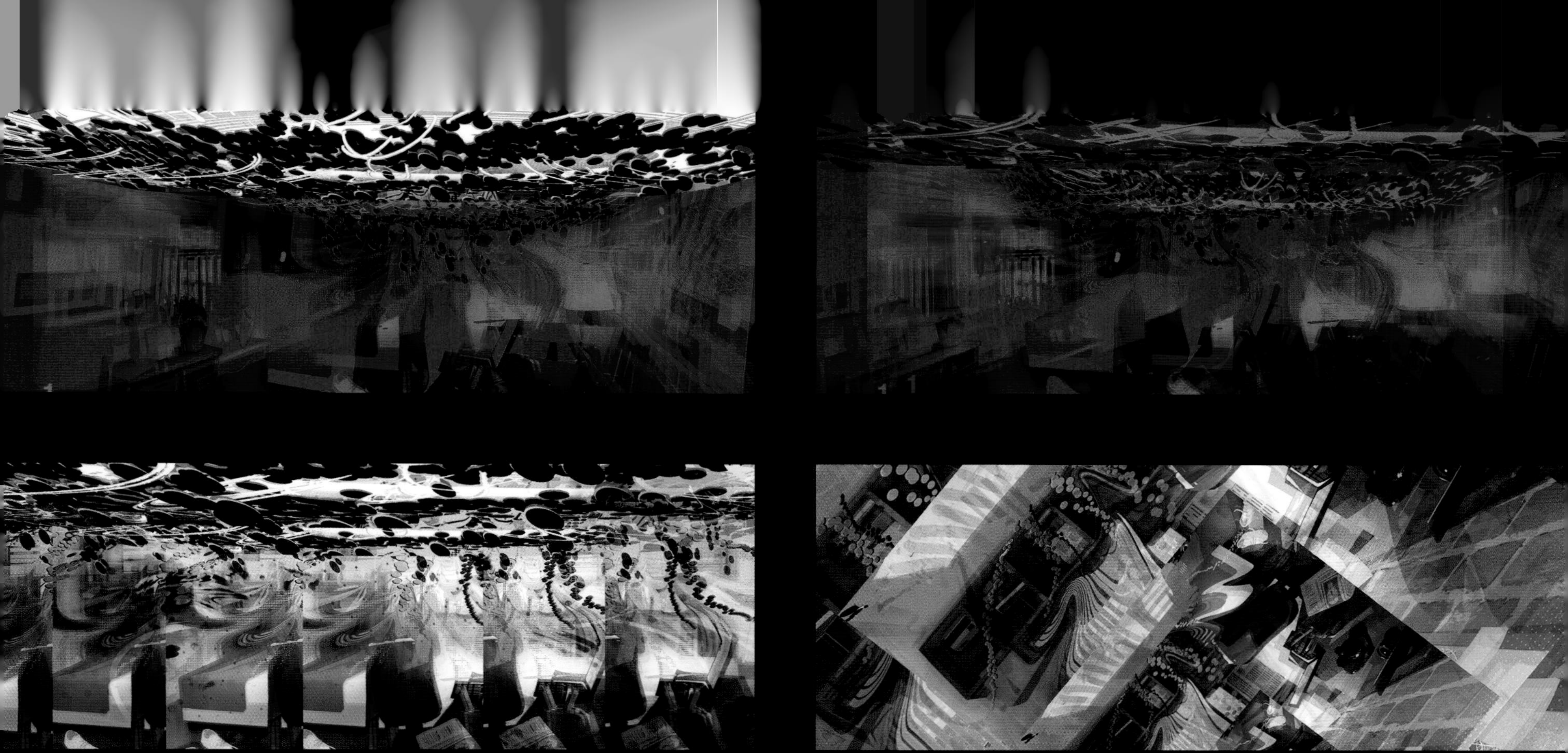

현재 두 페이지 멀티버스 차원 문의 콘셉트 아트 – 소니 픽처스 이미지 웍스(왼쪽), 딘 고든과 유히드 덴머스(현재 페이지)

현재 두 페이지 차원 문 속의 풍경 삽화 – 딘 고든

장면 집중 조명: 도심에서의 거미줄 타기

영화의 서막에서는 차원 이동기에서의 전투가 벌어진 뒤, 중요한 역할을 맡은 장면 중 하나가 전개된다. 마일스는 원조 스파이더맨의 충격적인 죽음을 보고 잔뜩 겁을 먹은 채 스토리의 다음 장으로 억지로 떠밀려 가고, 바로 그 장에서 다양한 스파이더맨 세계관들과 자신의 세계로 이끌려 온 또 다른 스파이더맨의 존재를 깨닫는다.

〈어린 왕자〉, 〈장화 신은 고양이〉, 그리고 〈슈렉 2〉 등 다양한 장르의 장편 애니메이션들을 작업한 감독 밥 퍼시체티는 영화 제작자들이 이 장면을 '요정 대모의 도착'이라는 애칭으로 부른다고 말한다.

위 피터의 무덤 초기 콘셉트 – 크레이그 멀린스
오른쪽 마일스와 피터가 함께 하는 여정의 시작. 삽화 – 로브 루펠

관객들은 바로 이 장면에서 좀 더 나이 들고 지쳐버린 스파이더맨을 처음으로 만난다. "요점은 처음 등장했던 피터 파커가 사망하자 마일스는 인생 최악의 순간을 맞게 된다는 것입니다." 퍼시체티가 말했다. "그는 피터의 무덤을 방문해서 앞으로 어떻게 해야 될지 모르겠다고 하죠. 그때 갑자기 어둠 속에서 한 인영이 나타납니다. 처음에는 다들 그게 프라울러라고 생각하지만 사실은 나이 든 피터 파커였죠. 마일스가 원했거나 필요했던 모습의 스파이더맨은 아니었지만, 어쨌든 그는 눈앞에 있는 피터와 함께하게 됩니다."

마일스는 실수로 피터에게 베놈 스트라이크 공격을 가하자 피터 역시 본의 아니게 거미줄을 발사하는 바람에 두 사람은 서로 연결되어 버린다. 그 상황에서 경찰이 나타나자 두 사람은 경찰에게 쫓기다가 거미줄이 지나가던 기차에 붙어버리고, 결국 기차에 그대로 질질 끌려가면서 맨해튼을 꽤나 볼썽사납게 횡단하는 처지에 놓인다. "이게 바로 두 사람이 서로 처음으로 함께 하는 장면이지만 대부분의 장면에서 피터 파커는 기절해 있습니다." 감독은 말했다. "아직 어린 스파이더맨과 다 큰 스파이더맨이 함께 만들어 내는 재미를 보고 싶었습니다. 꼭 1989년작 영화 〈공포의 주말〉과

똑같다는 농담을 하곤 했죠. 두 사람이 기차에 질질 끌려 맨하탄을 횡단하는 동안 피터는 기절해 있고, 마일스는 그런 피터를 마치 꼭두각시처럼 이용합니다."

이 장면은 아티스트들에게 화려한 시각적 기교를 뽐낼 수 있는 기회를 주었다. 퍼시체티의 말에 따르면, "우리는 그 장면 속에서 그 시점까지의 전개 중 가장 인상적이고 화려한 표현들을 만들어낼 수 있었습니다. 배경을 추상적으로 묘사하고, 극단적인 배색을 사용하고, 또 애니메이션에 완전히 기댈 수도 있었죠. 이번 작품 속 대다수의 애니메이션은 원스(ones)가 아니라 투스(twos: 이미지 하나가 프레임 하나를 차지하는 게 아니라 프레임 두 개씩을 차지하는 방식)로 제작이 되었습니다. CG 영화치고는 굉장히 드문 경우죠."

아트 감독 딘 고든은 이 장면에서 두 사람이 휙휙 스쳐 지나가는 배경 속 도심의 조명으로 이런저런 상호작용을 해볼 수 있었다고 말했다. "마일스와 피터는 족히 10블록은 끌려가게 됩니다. 그래서 각

블록이 서로 다르게 보이도록 만들어 보고 싶었습니다." 그는 설명했다. "각 블록 별로 12~14개의 라이팅 키를 사용했죠. 처음에 지나가는 블록들은 맨해튼 쪽에 위치해 있으니 좀 더 어두운 편이고, 계속 끌려갈수록 블록의 배경은 점점 더 밝아지게 됩니다. 교통 표지판들의 다양한 색깔과 조명들도 재미있게 다루어 보았습니다. 길거리에 있는 가게와 네온사인, 그리고 교통 표지판들도 공중에 붕 뜬 채 끌려가는 마일스와 피터에게 조명을 비춥니다. 우리는 이 장면을 시각적으로 매우 역동적으로 유지하면서도 초점은 여전히 캐릭터들에게 맞추어야 했습니다. 굉장히 북적거리는 배경을 두고도 분명하게 돋보여야 했습니다. 그래서 명암의 대비부터 가장 강렬한 색상 사용까지, 주인공들을 부각시키기 위해서는 온갖 꼼수는 모조리 다 사용했습니다."

이번 장면에서 화사한 요소를 또 하나 꼽자면 바로 얼어붙은 길바닥에 비치는 도시의 반사광이다. "젖은 길바닥에 비치는 반사광은 우리가 다루었던 정말 멋진 그래픽 중 하나입니다. 길바닥에 밀착해서 낮은 카메라 시야각으로 본다면 주변의 조명과 도시의 풍경이 정말 멋지게 반사되면서 화려한 시각적 표현이 극대화된다는 것을 직접 확인할 수 있습니다."

〈스파이더맨: 뉴 유니버스〉의 스토리를 이끈 폴 웨이틀링 (〈몬스터 호텔2〉, 〈스머프: 비밀의 숲〉 등 참여)은 이 장면이 실로 아티스트의 꿈이나 다름없다고 말했다. "우리는 두 캐릭터들이 서로 들러붙은 상태로 땅 위로 붕 뜬 채 기차에 질질 끌려가는 장면을 상상해냈습니다. 이런 상황에 어떤 살을 붙이든 두 사람은 더 많은 것을 요구했죠. 그래서 계속해서 점점 더 재미있는 장면들을 만들어나갔습니다."

웨이틀링은 이 장면의 첫 번째 결과물도 상당히 멋졌지만, 아티스트들이 매 테이크마다 자꾸 더욱 더 멋진 연출을 가미했다고 말했다. "크리스 밀러와 필 로드는 정말 엄청나게 높은 수준의 완성도를 요구했고, 그래서 우리는 마일스와 피터가 경찰차들에게 쫓긴다는 상황까지 추가해서 긴박감을 더욱 끌어올렸습니다." 웨이틀링은 강조했다. "저는 몸개그를 되게 못 만드는 사람이라서 마일스와 피터가 몇 블록이나 기차에 질질 끌려가는 장면이나 그 과정에서 추가된 우스꽝스러운 순간들이 완성된 것을 보고 굉장히 만족스러웠습니다."

또한 영화 제작자들은 이번 작품에서 모션 블러를 사용한다는 생각 자체를 일축했다. "그러니까 모션 블러란 고속으로 이동하는 장면에서는 주위의 풍경을 흐릿하게 뭉개버린다는 건데요." 감독은 설명했다. "우리는 그래픽의 품질을 떨어뜨리고 싶지 않았기 때문에 다른 방식으로 균형을 맞추어야 했습니다. 그래서 우리는 장면 사이사이에 다수의 이미지를 넣고 배경도 더 추상적으로 보이도록 만들어, 작품 속에서 나왔던 것처럼 온갖 색깔과 눈송이가 휘날리는 역동적인 터널을 뚫고 지나가는 듯한 연출을 만들어냈습니다. 이런 요소들 덕분에 보통 대부분의 CG 영화들에서는 모션 블러를 사용해 해결하려고 하는 섬광 효과 등의 여러 가지 문제들에 대응할 수 있었습니다. 우리는 섬광 효과를 없애려고 모든 그래픽의 강도를 약화하기보단 좀 더 담대한 방식의 시각적 해결책을 사용하고 싶었습니다."

182~183쪽 라이팅 키 – 웬델 댈릿, 잭 레츠, 딘 고든, 마이클 쿠린스키
오른쪽 새로 맞아들인 제자와 함께 날고 있는 피터. 삽화 – 딘 고든

B

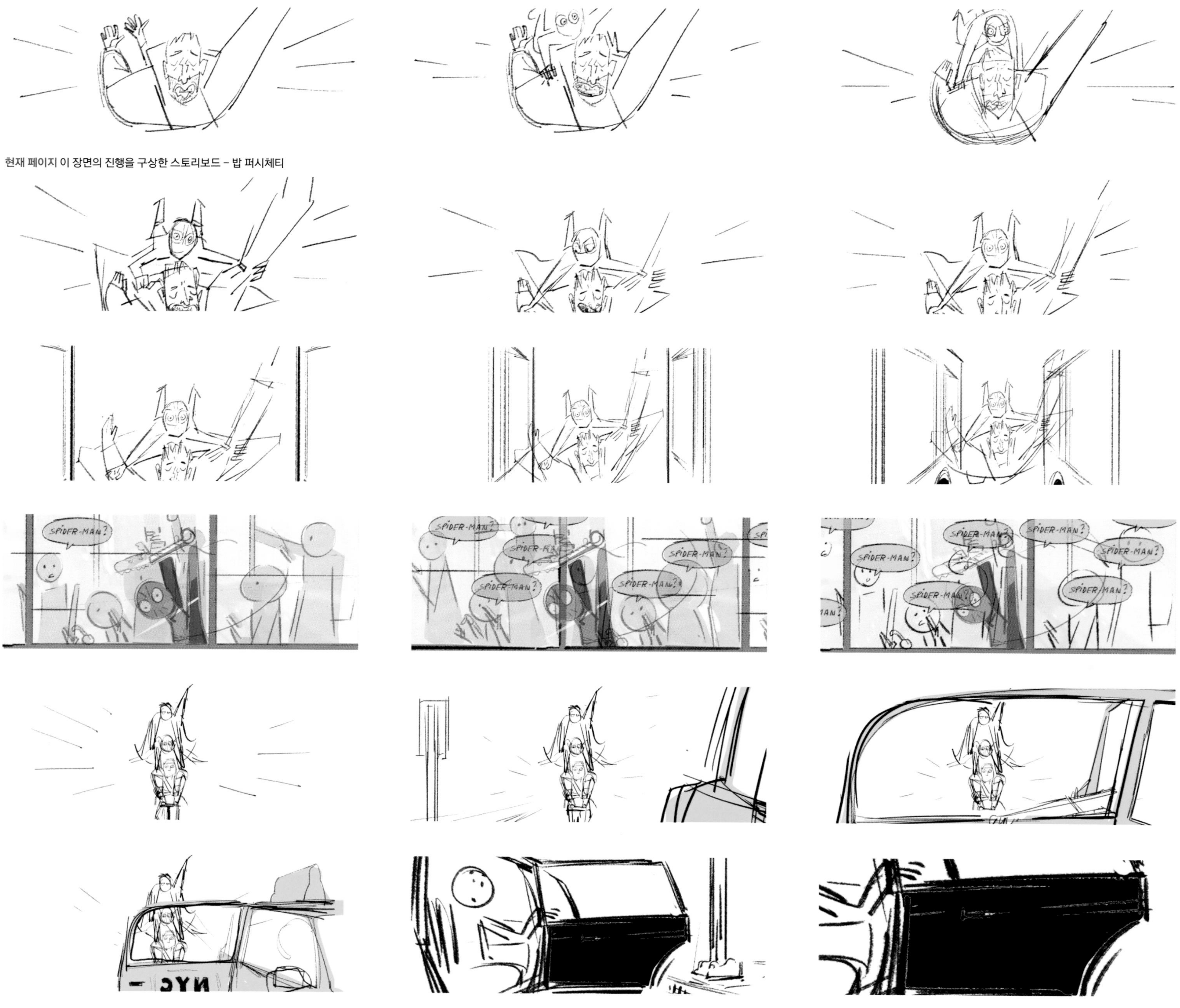

현재 페이지 이 장면의 진행을 구상한 스토리보드 – 밥 퍼시체티

제작팀은 이 장면을 기점으로 영화의 스토리와 시각적 시점 모두가 변화하는, 일종의 전환점이라고 생각하며 접근했다고 한다. 바로 여기서 마일스는 스파이더맨이 된다는 게 어떤 것인지 처음으로 경험하게 되면서, 관객들은 영화의 1막에서 2막으로 넘어간다. 또한 이제 마일스의 멘토가 될 캐릭터, 나이 든 피터 파커의 첫 소개도 이루어진다. "두 사람은 이 장면에서 여기저기에 부딪히며 몸이 꽤 만신창이가 됩니다." 퍼시체티는 말했다. "기존의 장편 애니메이션들에서는 캐릭터가 실제로 입은 상처를 이 정도로 생생하게 묘사한 적이 없었습니다. 하지만 신체적 부상은 우리가 정말 보여주고 싶은 요소였습니다. 피터는 코가 부러지고, 눈은 부어오르고, 양쪽 귀는 서로 비대칭이 될 정도로 모양이 달라집니다. 심지어 CG 모델 역시 그렇게 만들었습니다. 처음에 등장했던 피터 파커는 완벽했죠. 하지만 그다음에 등장한 피터 파커에게는 대략 15~20년 가량 더 나이를 먹게 한 다음 스파이더맨으로서 20년 동안 겪을 만한 온갖 평지풍파를 적용했습니다. 그렇기에 관객들의 입장에서는 나이 든 스파이더맨이 훨씬 더 재미있게 추구할 수 있는 캐릭터가 된 것입니다. 그는 마일스와 억지로 2인 3각을 하는 상황에 놓였고, 그러면서 자신이 왜 슈퍼 히어로가 되었는지 그 이유에 대해 기억해 냅니다. 그는 스파이더맨이 된다는 사명과 의미를 다시금 되찾게 됩니다."

퍼시체티는 〈스파이더맨: 뉴 유니버스〉의 제작에 임했던 모두가 이번 프로젝트를 통해 애니메이션의 한계에 도전해볼 수 있다는 점에 크게 흥분했었고, 또한 이번 핵심적인 장면은 이번 작품이 나아가야 할 적절한 톤을 제시하는 데 도움이 되었다고 말했다. "정말 엄청난 팬들이 좋아하는 소재를 갖고 작업을 하게 되다니, 우리 모두는 다 행운아였습니다. 바로 그렇기에 여름이나 겨울 시즌 블록버스터에서 으레 기대할 만한 영화와는 꽤 다른 모습으로 영화를 만드는 모험을 할 수 있었죠. 우리는 관객들의 취향을 확장시켜서 지금껏 선보였던 여타 장편 애니메이션들과는 완전히 다른 이번 작품을 받아들이고, 또 사랑하도록 만든다는 목표를 세웠습니다."

퍼시체티 감독은 지난 일을 돌이켜보면서 이 장면이 하나의 커다란 주춧돌이나 다름없었다고 회상했다. "우리가 상상한 모습의 뉴욕시를 이처럼 특별한 배색이나 동작의 시각적 표현을 통해 모두와 공유할 수 있었습니다." 그는 강조했다. "그 당시까지 이 작품에서 제작했던 장면들 중에서 단연코 최고로 멋진 장면이었습니다. 물론 3막에 들어가서는 그 기록을 다시 한번 갱신하게 되지만요!"

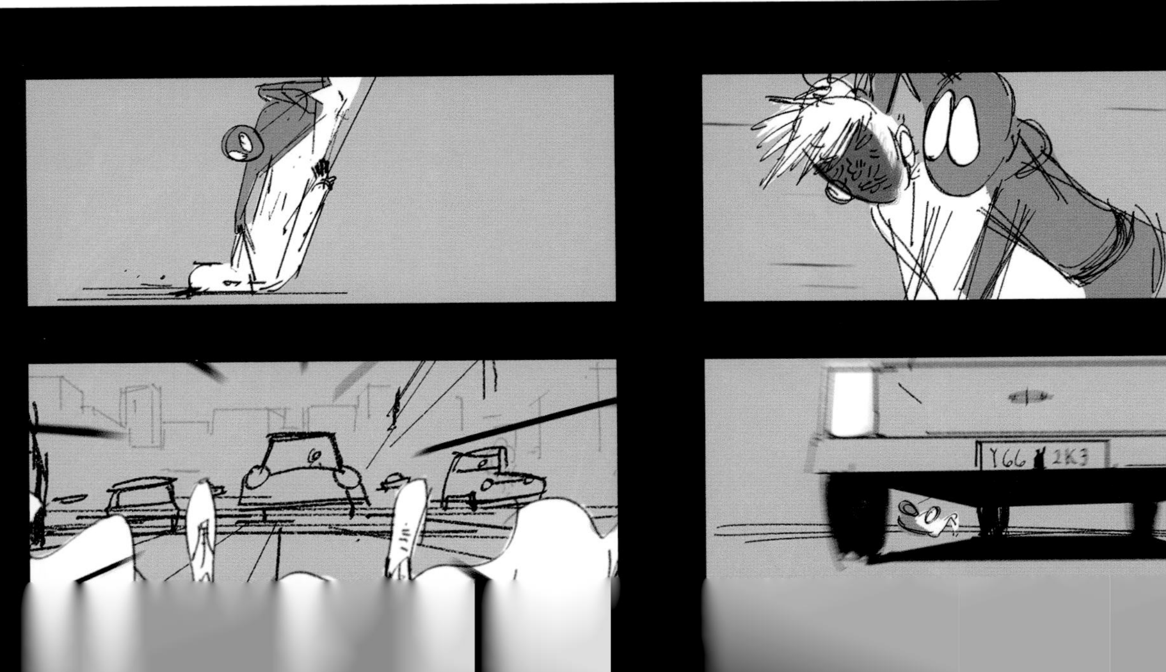

현재 페이지 칸 형식으로 정리한 스토리보드 – 비듀 응우옌
188~189쪽 라이팅 키 – 피터 챈

맺는 말

우리는 가끔씩(충분한 행운이 따라준다면) 우리가 살고 있는 세계의 가치관, 문화, 그리고 다양성을 반영한 슈퍼 히어로들을 만나게 된다. 마일스 모랄레스는 소니 픽처스 애니메이션에서 담대하게, 그리고 시각적으로도 화려하게 선보인 장편 애니메이션 속의 새로운 히어로이자 위 설명에 정확하게 부합하는 주인공이다. 흑인-푸에르토리코 혼혈의 13세 소년인 마일스는 명석한 두뇌와 착한 마음씨, 그리고 사랑하는 부모님을 가졌지만 처음에는 피터 파커의 운명을 따르는 것을 망설였다. 그는 스탠 리와 스티브 딧코가 1962년 당시 〈마블스 어메이징 판타지〉 만화책에서 처음 등장시켰던 원조 스파이더맨과는 사뭇 다른 모습을 하고 있을지 몰라도, 가면 뒤에 숨어 있는 영웅의 마음가짐은 여전히 똑같은 매력과 고귀한 사명을 품고 있다.

제작사의 재능 넘치는 제작팀은 총괄 제작자인 크리스 밀러와 필 로드, 그리고 감독인 피터 램지, 밥 퍼시체티, 그리고 로드니 로스먼의 지휘 아래 스파이더맨의 슬픈 탄생 설정과 만화책의 골든 에이지 모두에 경의를 표하는 시각적 요소들을 엮어, 엄청난 흡입감과 역동성을 지닌 마일스의 세계를 만들어냈다.

소니 픽처스 애니메이션의 회장 크리스틴 벨슨은 다음과 같이 말했다. “우리는 뭔가 참신한 것을 선보여 모두의 예상을 완전히 뒤엎고 커다란 기회를 한번 쥐어보고 싶었습니다. 애니메이션 속에 만화책의 언어를 엮어내서 지금껏 보지 못했던 것을 보여주고 관객들을 깜짝 놀라게 하고 싶었죠.”

이런 노력과 담대하고 확고한 비전, 그리고 아트팀의 굉장한 재능이 영화를 뒷받침해준 덕분에 〈스파이더맨: 뉴 유니버스〉는 만화책 팬들의 마음속은 물론, 슈퍼 히어로 영화들의 전당에서도 아주 특별한 자리를 차지할 수 있게 되었다.

왼쪽 콘셉트 삽화 - 크레이그 멀린스
192쪽 캐릭터 스케치 - 헤수스 알론소 이글레시아스

감사의 말

작가는 이번에 새롭게 등장한 스파이더맨과 그 황홀한 세계관 속으로 즐겁게 안내해 준 소니 픽처스 애니메이션의 멋진 제작팀 여러분께 감사하고자 합니다. 제작 과정 전체에 대해 세세히 분석해 준 훌륭한 제작자 저스틴 K. 톰슨은 물론, 크리스틴 벨슨, 에이미 파스칼, 아비 아라드, 필 로드, 크리스 밀러, 피터 램지, 밥 퍼시체티, 크리스티나 스타인버그, 딘 고든, 폴 웨이틀링, 대니 디미언, 조시 베버리지, 김시윤, 패트릭 오키프, 미겔 히론, 마르셀로 비그날리, 피터 챈, 야샤르 카사이, 재커리 레츠, 유키 디머스, 크리스찬 헤이널, 그리고 제프리 톰슨을 포함한 놀라운 팀에게 엄청난 감사를 드리고 싶습니다. 이번 영화의 제작에 얽힌 여러분의 이야기를 듣는 것은 정말 진정한 영광이었습니다. 멜리사 스텀과 재커리 노튼도 이번 여정에서 멋진 안내역을 해 주셔서 감사합니다. 저와 똑같이 스파이더맨에 대한 애정을 품고 이번 출판을 함께 해준 타이탄 북스의 사랑스럽고 유능한 편집자 엘리 스토어스에게도 특별한 감사의 말씀을 드립니다. 책 속 페이지들을 정말 멋지게 디자인해 준 팀 스크리븐스에게도 감사하고 싶습니다. 마지막이지만 앞서 모든 분들 못지않게, 첫 등장한 이래 56년이 지나는 동안에도 세대를 뛰어넘어 전 세계 팬들에게 감동과 즐거움을 주는 캐릭터를 만들어 주신 진정 유일무이한 스탠 리와 스티브 딧코 두 분께도 정말 감사드립니다. 두 분은 스파이더맨 TV 애니메이션 주제가의 "추운 밤 범죄가 일어나는 곳에도 한 줄기 빛처럼 반드시 와준다네!(In the chill of night, at the scene of a crime, like a streak of light, he arrives just in time!)"라는 가사에 정확히 부합하시던 분들이셨습니다.

타이탄 북스는 스파이더버스를 현실 속에 구현해 주고, 그 제작 과정에 대해서도 많은 시간을 내서 이야기해 주신 소니 픽처스 애니메이션과 마블의 모든 분들께 감사드립니다. 특히 마블 퍼블리싱에 제프 영퀴스트, 케이틀린 오코넬, 그리고 제프 레인골드에게 감사하고 싶습니다. 소니 픽처스 애니메이션에서도 멜리사 스텀, 재커리 노튼, 그리고 카일 래폰에게 특별한 감사의 말씀 드리고자 합니다. 머리말을 써 주면서 마일스 모랄레스라는 캐릭터의 탄생에 대한 자신의 생각을 공유해준 브라이언 마이클 벤디스에게도 감사의 말씀 드립니다.